Jürgen Ebertowski

BERLIN ORANIENPLATZ

BERLIN CRIME 17

Jürgen Ebertowski

BERLIN ORANIENPLATZ

Kriminalroman

BERLIN CRIME 17

Dieses Buch ist Reni und Hans Mahret
und einem getigerten Kater gewidmet

Jürgen Ebertowski: BERLIN ORANIENPLATZ
Kriminalroman. BERLIN CRIME 17

ISBN 3-89602-020-X
Herausgegeben von Oliver Schwarzkopf

Kastanienallee 32 • 10435 Berlin

Umschlagfoto und Coverart Morten Heise
Gesetzt aus der Garamond
Druck Elsnerdruck, Berlin
Printed in Germany

Erstes Kapitel

Der Fahrer des silbergrauen Mercedes-Kabrioletts fluchte leise vor sich hin, während er versuchte, den unzähligen, teils pfannengroßen Schlaglöchern auszuweichen. Im Kreis Oranienburg hatten die Nebenstraßen vom Aufschwungprogramm Ost spürbar wenig abbekommen.

Nein, heute war alles chaotisch gelaufen. Zuerst hatte Marek den Wagen nicht gefunden, weil er die Adresse falsch notiert hatte – es war die Seestraße im Wedding gewesen und nicht die in Reinickendorf. Dann hatte zu allem Überfluß der andere Pollacke, dieser Klugscheißer Wronschieck, dem Autobesitzer auch noch das falsche Schlüsselbund aus dem Mantel gefischt, und sie hatten den Daimler umständlich mit der Lasersonde öffnen müssen. Prompt war Marek, der sonst eine geradezu traumhaft sichere Hand hatte, gleich mehrmals mit der Sonde am Türschloß abgerutscht – was wieder reichlich Abzug bei der Prämie bedeuten würde.

Und nun zuckelte seit einer geschlagenen Viertelstunde ein stinkender Wartburg mit Berliner Kennzeichen und langer CB-Funk-Antenne im Schneckentempo vor ihm her. Der Mann strich sich nervös über seine Glatze. »Gib Gas, du Penner!« Er sah auf die Uhr im Armaturenbrett. Wenn das so weiterging, würde er zu spät am Treffpunkt sein. Bis zur Kanalbrücke, und das waren noch gut zehn Kilometer, gab es keine Stelle, wo er ungefährdet überholen konnte.

Was der Boss zu allem sagen würde, wagte er sich nicht auszumalen.

Im Rückspiegel tauchten zwei blasse Lichter auf und näherten sich rasch. ›Fehlt bloß, daß mir jetzt so ein Arschloch hinten raufbrettert.‹ Es war ein weiterer Wartburg, und er fuhr penetrant dicht auf. In einer Kurve verengte sich die ohnehin schmale Forststraße. Der Hintermann schaltete Fernlicht ein. ›Ja, sind denn diese blöden Ossis alle neben der Kappe?‹ Der Glatzköpfige blendete den Innenspiegel ab und trat mehrmals kurz auf die Bremse. Sein Verfolger kapierte tatsächlich; das Fernlicht erlosch. Nach der Kurve wurde die Straße etwas breiter.

Er klappte den Innenspiegel zurück und kniff die Lippen zusammen. Auch auf dem Wartburg hinter ihm wippte eine CB-Antenne. ›Zivis sind es nicht‹, dachte er, ›die fahren seit Mai keine DDR-Kisten mehr, außerdem operieren sie immer paarweise.‹ Soweit er es sehen konnte, saßen in den Fahrzeugen jeweils nur eine Person. Dennoch, irgend etwas war schon merkwürdig mit dieser CB-Eskorte.

Er entsicherte einhändig die Uzi, die ihm Marek auf den Beifahrersitz gelegt hatte, nahm sie aus der Plastiktüte und bedeckte die Waffe mit seiner Windjacke. Dann ließ er alle Seitenfenster hinunter. Spätestens als ihnen ein olivgrüner Lastwagen, ein Tieflader, entgegenkam, und sein Vordermann ganz rechts ranfuhr, wußte der Mann, daß er in eine Falle geraten war. Der LKW hatte ebenfalls CB-Funk.

Der verfolgende Wartburg stellte sich quer, und die Fahrertür ging auf. Der Glatzköpfige zögerte nicht. Er bremste scharf, griff in die Türablage und warf einen stabförmigen Gegenstand aus dem Wagen. Dann schloß er die Augen. ›Einundzwanzig ...‹ Die Detonation war gewaltig, aber die Hauptwirkung der Granate lag in ihrem ungeheuren Blendeffekt. ›Zweiundzwanzig ...‹ zählte er und öffnete die Augen bei dreiundzwanzig. Der LKW war mit den Außenrädern in den Straßengraben gerutscht. Bei jemandem, der direkt in die Explosion schaute, würde es

Stunden dauern, bis der sternförmige Magnesiumblitz wieder völlig von der Netzhaut verschwunden war.

Das Kabriolett durch die Lücke zwischen dem LKW und dem Wartburg vor ihm zu manövrieren, war Millimeterarbeit, und der Glatzköpfige konnte nicht verhindern, daß er mit der Stoßstange am Tieflader entlangschrammte. Im Vorbeifahren sah er, daß der Fahrer die Ellenbogen auf das Lenkrad gestützt hatte und die Handballen auf die Augen preßte.

Der Mann, der dem quergestellten Wagen entstiegen war, brüllte wie am Spieß. Die Blendgranate war ihm genau vor die Füße gerollt.

*

»Herr Müller? Einen Moment bitte, hier stimmt etwas nicht!« Horst Müller, Sicherheits- und Fahndungschef der Kulanz-Versicherungs-AG mit neuem Firmensitz in Berlin-Mitte, blieb vor der Türöffnung der Funkzentrale stehen. Der brühheiße Kaffee in der randvoll gefüllten Tasse, den er bis dahin unverschüttet den Flur entlang balanciert hatte, drohte überzuschwappen, und er trank vorsichtig einen winzigen Schluck ab. »Was gibt's?«

»Ich versteh's einfach nicht!« Der Diensthabende von der Funkbereitschaft lockerte den Krawattenknoten. »Bis eben hatte ich mit Richter und seinen Leuten noch ausgezeichneten Kontakt. Dann tat's einen gewaltigen Knall, und seitdem sind sie weg!«

Müller zog einen Bürosessel heran, stellte die Tasse vorsichtig ab und setzte sich neben den Funker. Acht Stockwerke unter ihnen belebte ein einsamer Streifenwagen mit Blaulicht den nächtlichen Alexanderplatz. »Versuchen Sie es mal auf dem 5-Meter-Band.«

Der Funker änderte die Frequenz und drückte die Raumtontaste, damit Müller mithören konnte. »EK1, EK2! Was ist los, ich höre euch nicht mehr!« Er schüttelte den Kopf. »Da ist doch was oberfaul!«

»Was ist mit dem LKW?«

»Den krieg ich von hier nicht. – Moment! Ich glaube, es rührt sich doch was!«

Erst rauschte es im Lautsprecher, dann hörte man eine kurzatmige Stimme: »Zentrale? Zentrale? Versteht ihr mich?«

»Das ist Tschirner. – Hier Zentrale. Ja, EK2, wir können Sie gut empfangen. Ist was nicht in Ordnung?«

»Und ob was nicht in Ordnung ist!« Aus dem Lautsprecher klirrte ein hysterisches Lachen. »Das Schwein hat eine Blendgranate geworfen. Richter hat's voll erwischt. Wir brauchen dringend einen Krankenwagen. Ich wiederhole: dringend!«

Der Funker bedeckte das Mikrofon mit der Hand. »Sie waren hinter dem Daimler von gestern abend her.«

Müller nickte.

Die Hand des Funkers gab das Mikro wieder frei. »Wo seid ihr genau? Schon am Kanal?«

»Nein, etwa drei Kilometer vor der Brücke.«

Müller beugte sich über die Landkarte neben der Sprechanlage. Der Funker tippte auf die Kanalbrücke.

Die Stimme im Lautsprecher überschlug sich. »Beeilt euch, verdammt nochmal! Er hat Richter die Granate direkt zwischen die Beine geworfen.«

»Gibt es irgendwo eine Landemöglichkeit?«

»Wo der Tieflader geparkt hatte, circa dreihundert Meter weiter Richtung Brücke.«

Der Funker tippte erneut auf die Karte. »Eine Wendestelle für die Forstfahrzeuge.«

Müller nahm sich eins der Telefone auf dem Schreibtisch und wählte eins-eins-zwei.

Die Stimme im Lautsprecher beruhigte sich langsam. »Mensch, macht bloß hinne! Richter schreit wie verrückt. Kottke kümmert sich um ihn, ihm ist nichts passiert, aber Henschel braucht auch Hilfe. Er hat den Lkw in den Graben gesetzt und ist auf's Lenkrad geknallt, blutet wie abgestochen. Beeilt euch, verdammt!«

»Der Rettungshubschrauber ist unterwegs.« sagte Müller, »Notarztwagen auch.« Er wählte eine neue Nummer. »Sie sollen Fernlicht und alle Warnblinker anmachen.«

»Der Hubschrauber kommt«, wiederholte der Funker. »Gebt Lichtzeichen.«

Müller legte den Telefonhörer neben den Apparat und nahm dem Funker das Mikrofon aus der Hand. »Tschirner? Hier spricht Müller. War der Typ alleine?«

»Ja«, sagte die Stimme im Lautsprecher, »macht den Schweinehund fertig, wenn ihr ihn kriegt!«

»Wir versuchen alles Menschenmögliche.« Müller schaute einen Moment nachdenklich auf die Landkarte, dann griff er wieder zum Telefonhörer. »Kommissar Binder? Der besagte Mercedes müßte jetzt etwa den Kanal überquert haben ... nein, anscheinend ist nur eine Person im Wagen gewesen ... nein, außer daß es ein Mann um die vierzig mit Glatze war, gibt es keine Personenbeschreibung ... doch, ich fahre sofort hin.«

Der Streifenwagen hatte den Alex in Richtung Friedrichshain verlassen. Obgleich weit und breit kein Fahrzeug in Sicht war, warteten zwei Fußgänger an der Ampel auf grün.

›Das soll nun eins der wiederbelebten Herzen des vereinten Deutschlands sein, na, prost Mahlzeit!‹ Müller trank einen letzten Schluck von der Automatenbrühe, die sich Kaffee schimpfte.

»Wer hat heute Fahrbereitschaft?«

Der Funker zuckte mit den Achseln. »Glaub, Wenders ist da.«

»Sagen Sie ihm, ich bin in fünf Minuten unten. Er soll den BMW nehmen. Binder hat den Kollegen in Oranienburg nahegelegt, eine Ringfahndung zu veranstalten.«

Der Funker zog die Oberlippe kraus. »Dann verraten Sie mir mal bitte, wie das funktionieren soll! Ringfahndung mit maximal zwei Ladas und zwei Polos! Mehr haben die doch nicht da oben.«

Müller zuckte mit den Achseln. »Falls sie die tatsächlich alle auf die Schnelle zusammentrommeln könnten, wär's schon gigantisch für ihre Verhältnisse.« Müller zog ein Mobiltelefon aus der Wandhalterung. »Sie kriegen mich auf der Sieben.«

»Jawohl, Herr Maj ... – Verzeihung, *Herr* Müller!«

Müller und der Funker lächelten sich an.

»Das war einmal, Genosse Unterleutnant.« Müller salutierte salopp und ließ das Funktelefon in der Innentasche seines Blazers verschwinden.

Zweites Kapitel

Ich wechselte meinen letzten Fünfhundert-Mark-Schein in der Bank neben der Universität und schlenderte auf der Seite vom Theatercafé die Karl Johans Gate bis zum Storting. Bei einer Straßenverkäuferin kaufte ich mir ein *Multebeereneis* mit viel Sahne, etwas, das es mit Sicherheit nur in Skandinavien gab, dann stieg ich in die Straßenbahn Linie 12 nach Torshov. Der Aikikan hatte in Torshov seine Übungsräume, und das heutige

Training war meine Abschiedsvorstellung. Beeindruckend groß war sie nicht, die Osloer Aikidogruppe, die mich als Gastlehrer eingeladen hatte, dafür aber umso engagierter. Aikido wird auch als Meditation in Bewegung bezeichnet, was viele meiner Trainerkollegen dazu verführt, stundenlang im Schneidersitz eine Wand anzustarren und es Aikido zu nennen. Wohltuenderweise überwog bei den Norwegern die Bewegungsfreude. Am Schluß der Stunde bedankte sich Tron Furu im Namen der Gruppe für mein Kommen. Tron arbeitete als Dolmetscher bei einer japanischen Reederei und war ehrenamtlicher Dojoleiter vom Aikikan. Wir kannten uns noch aus Yokohama- und Kamakurazeiten. Ich radebrechte eine kleine Abschiedsrede auf norwegisch, und wir fuhren alle auf ein Bier in Noahs Ark.
Anschließend ging ich mit Tron und Cathrine zum Japaner in der Nähe vom Schloß. Cathrine war Trons Frau. Die beiden hatten mir am Anfang meines Norwegentrips zwei Wochen lang ihre Blockhütte am Norddalsfjord überlassen und selbst das Geld für das verbrauchte Gas und die systematische Plünderung ihres Vorratslagers nicht annehmen wollen.

Es blieb natürlich nicht bei Sushi, Tempura und grünem Tee. Das Restaurant führte meinen Lieblingssake *Kembishi*, eine trockene Reisweinsorte. *Karakuchi* sagt man in Japan dazu: *salziger Mund*, und man bekommt angeblich nie einen Kater, egal, wieviel man in sich hineinschüttet – aber das war natürlich eine elende Lüge.

Cathrine trank bloß einen symbolischen Schluck, sie war schwanger, und die ganze Aikidotruppe schloß schon Wetten ab, ob das Baby mit einer Vorwärts- oder Rückwärtsrolle zur Welt kommen würde, denn Cathrine war eine ebenso fanatische Aikidoanhängerin wie ihr Wikinger-Samurai Tron. Sie trank also nicht mit, deshalb reichte mein Geld – wenn auch nur knapp.

Oslo, fand ich, brauchte sich, was das Preisniveau anbetraf, vor Tokio nicht zu verstecken.

Tron brachte mich am nächsten Morgen unrasiert und reichlich gezeichnet zum Taxistand am Schloß. Er selbst sah auch nicht gerade aus wie das blühende Leben.

»Ha det bra, Andi!«

»Ha det bra, Tron!«

Ich drückte dem pakistanischen Fahrer meine restlichen Kronenstücke in die Hand und bestieg in Fornebu eine kleine Turboprop-Maschine der Lufthansa, die mich rüttelnd nach Berlin zurückbrachte, zurück in die rauhe Welt der Sachzwänge. Der Erlös aus dem Verkauf meiner deutschen Sprachschule in Yokohama hatte exakt drei Jahre und zwei Monate meine teilweise kostspieligen Extravaganzen finanziert. Aber nun war unwiderruflich Schluß, aus, finito. Ich war, es ließ sich nicht beschönigen, endgültig pleite.

*

Der dunkelrote Saab, mit dem mich Iris vom Flugplatz Tempelhof abholte, war mein einzig verbliebener Besitz aus besseren Tagen, eine eindrucksvolle, wenn auch im Augenblick relativ wertlose Mobilie, weil die Preise für Gebrauchtwagen völlig im Keller waren.

»Deinem verwöhnten Katertier geht es blendend«, begrüßte sie mich. »Er ist munter und gesund und hat gleich deinen Schreibtischsessel ein wenig aufgerauht, als ich ihn wieder zu dir nach Haus gebracht habe.«

»Das darf er«, sagte ich trotzig. Was Katzenkater durfte und was nicht, war ein ewiger Streitpunkt zwischen uns gewesen, als wir noch zusammen gewohnt hatten.

Iris ging nicht auf meine Bemerkung ein, sondern verzog bloß vielsagend die Mundwinkel. »Ich habe ihm heute sogar Frischfleisch hingestellt.«

»Danke«, sagte ich. »Aber du weißt doch ganz genau: Das frißt er nicht. Na ja, trotzdem vielen Dank. – Ist viel Post gekommen?«

»Es hielt sich in Grenzen. Ein paar Briefe und so weiter. Halt der übliche Kram.« Sie deutete auf das Handschuhfach.

»Hat Zeit«, brummelte ich, da ich nicht besonders wild darauf war, gleich Berge von Mahnungen zu öffnen. »Fahr mal bitte zügig zu Ecki, im Flugzeug gab es nur einen winzigen Snack.« Bis auf die letzten Tage in Oslo hatte ich mich in meiner Fjordhütte einfach und gut verpflegt, aber es war hauptsächlich selbstgefangener Fisch gewesen und Gemüse vom Bauern nebenan. »Mir schwebt ein gigantischer Wiener Rinderbraten vor, mit Semmelknödeln, oder von mir aus auch ein Gulasch auf Butternudeln. Und halt möglichst am nächsten Geldautomaten.« Ich hatte zwar meine EC-Karte in Norwegen ausgiebig benutzt, aber das Glück war mir dennoch hold. Die Karte war rätselhafterweise nicht gesperrt worden.

Iris fand einen Parkplatz direkt vor dem *Ax Bax*. Es war langer Donnerstag, und Ecki hatte Tische auf die Straße gestellt. Ein stabiles, spätsommerliches Hoch erstreckte sich über ganz Europa. In Akerbrygge, dem Restaurantviertel am Hafen von Oslo, hatten die Leute noch um Mitternacht in Scharen im Freien gesessen, und auch hier auf der Leibnizstraße herrschte nach Sonnenuntergang eine beinahe südländisch anmutende Stimmung.

»Na, Andi, genug von Fischpudding und Laugenfisch? – Hallo, Iris!« Ecki begrüßte Iris mit einem Küßchen und wedelte einen unsichtbaren Krümel von der Tischdecke.

»Fiskepudding kann eine ausgesprochene Delikatesse sein, und auch Lutefisk schmeckt besser als es klingt«, sagte ich.

»Wie der Herr meinen.«

Man merkte Ecki die Skepsis an. Amadeus, ein Bilderbuchkellner, goldene Uhrkette, gestärkte Hemdbrust und selbstredend befrackt, brachte die Speisekarte. Der Rinderbraten war ausverkauft. Ich bestellte stattdessen die Lammkeule mit grünen Bohnen und einen Veltliner.

»Haben die gnä' Frau keinen Wunsch?«

Iris wollte nichts. »Muß eh gleich weg. Dirk kocht heute.«

Dirk war mein Nachfolger, und sie hatte ihn offenbar bereits gut dressiert.

»Soll ich dich rasch hinfahren?«

»Ist nicht nötig, die paar Schritte.« Iris wohnte nobel am Kurfürstendamm. Dirks gutgehende Anwaltspraxis für Wirtschafts- und Steuerrecht machte es möglich.

»Danke nochmals fürs Abholen und fürs Kater-Sitting.«

»Schon ok.«

Sie wurde von Ecki mit einem weiteren Kuß verabschiedet. Er brachte den Wein und schaute ihr nach, wie sie die Straße überquerte. »Ein Jammer, daß ihr euch getrennt habt.« Iris war eine auffällige Schönheit mit einer Vorliebe für weit ausgeschnittene Blusen und superkurze Kleidchen.

»Bitte, mein Lieber«, sagte ich, »laß mal gut sein!« Mit Iris konnte man sich prächtig verstehen, wenn man nicht gerade als ihr Liebhaber fungierte.

Ich war bestimmt der einzige von den männlichen Gästen im *Ax Bax*, der ihr keine lüsternen Blicke nachsandte.

Nach dem Essen ließ ich mir von Amadeus eine Flasche Wein in Alufolie einpacken. Ich nahm die Post aus dem Handschuhfach, das Gepäck konnte bis morgen warten. Ich durchblätterte den Stapel Briefe im Gehen. Die Werbesendungen warf ich gleich in den nächsten Abfallkorb. Für ein Wassergrundstück am Wandlitzsee fehlte mir augenblicklich das nötige Kleingeld, und eine Tierfutterhandlung mit Frischfleisch-Lieferservice würde mich auch nicht als Kunden gewinnen; Katzenkater fraß, wie bereits erwähnt, kein Frischfleisch, sondern nur Whiskas oder Brekkies. Die blaßgrünen Umschläge meiner Bank, das umweltschonende Couvert, das gnädig die Beitragsmahnung des Aikidovereins verhüllte und die neutralen Grüße meines speziellen Freundes, des Pol. Präs. Berlin, stopfte ich ungeöffnet in die Hosentasche und konzentrierte mich auf einen Umschlag, der gottlob weder Rechnung noch Mahnung enthalten konnte, allerhöchstens eine Absage. Die Cheftrainerin vom *Aikikan-Landesverband Berlin-Brandenburg* hatte mir vor meiner Reise den Tip gegeben, mich um eine vakante Position als Sekretär im neuen Deutsch-Japanischen Kulturforum am Oranienplatz zu bewerben.

Meine Wohnung befand sich in der Goethestraße in Charlottenburg, und der Weg vom *Ax Bax* dorthin führte an vielen Fallen vorbei. Diesmal schnappte die *Dralle's*-Falle, Pestalozzi-/Ecke Schlüterstraße, zu. Unter der Markise gab es keinen einzigen freien Platz mehr, ganz Berlin schien unterwegs zu sein, um die vielleicht letzten schönen Tage des Jahres zu genießen.

Sheena, die normalerweise nur in der Nachmittagsschicht arbeitete, kam mir mit einem vollgepackten Tablett entgegen. »Wirst schon erwartet. Er ist drinnen.«

Klaus besorgte den Tresen. »Na, wieder im Lande?«

Ich hangelte mich auf einen Barhocker. »Seit anderthalb Stunden. Einen doppelten Scotch ohne alles, Glenfiddich, wenn du hast, und kannst du bitte den Wein so lange kalt stellen, bis ich die heiligen Hallen hier wieder verlasse?«

»So, so, Zwangsentziehungskur also beendet!« Klaus verstaute den Veltliner in einem Kühlfach und suchte das Regal mit den Whiskyflaschen ab. Was er mir einschenkte, war mindestens ein Dreifacher. »Alkohol soll ja dort unbezahlbar sein.«

Ich nickte. »War nicht gerade billig, dieser Ausflug, aber wie ich sehe, habt ihr die Preise hier während meiner Abwesenheit auch kräftig nach oben geschraubt. Viel Unterschied ist da bald nicht mehr mit Oslo, wenn Werner so flott weitermacht.«

Klaus lachte. Werner war sein Chef. »Werner braucht jetzt jeden einzelnen Pfennig«, sagte er ernst. »Man hat ihm das Auto zerschrotet, während du bei den Wikingern weiltest, und er nimmt das als Anlaß, sich was wirklich Gutes zu gönnen. Rate mal!«

»Einen Jaguar?«

»Unsinn, rate weiter!«

Ich zuckte mit den Achseln. »Porsche?«

»Quatsch! Einen ganz Dicken, den Dicksten, den es gibt.«

»Aha«, sagte ich. »Werner goes S-Klasse.«

»Genau so verhält es sich«, sagte Klaus. »Einen S 600, in langer Ausführung, mit allen denkbaren Extras, es gibt sogar einen bombensicheren Stahlsafe im Kofferraum.«

»Donnerwetter!« sagte ich. »Wegen seiner …?«

»Ja«, sagte Klaus, »weswegen denn sonst.«

Werner sammelte antikes Spielzeug und fuhr ständig zu Fachmessen. Was er manchmal an alten Märklin-Eisenbahnen oder Viking-Autos spazierenfuhr, übertraf häufig den Wert von einem Edel-Daimler.

»In zwei Wochen ist er da, quittegelb und mit versenkbarem Stern. Lindgrüne Ledersitze.«

»Dann mach mir bitte nochmal dasselbe, damit der gute Werner sich in Zukunft den Sprit für das edle Teil leisten kann.«

Ich mochte die neuen großen Daimler nicht besonders, hatte immer so ein Gefühl, als würden die Panzerketten fehlen. Wenn Klaus mir allerdings weiterhin derart großzügig nachschenkte, würde Werner bald Trabbi fahren müssen.

Ich beschloß, daß ich genug moralischen Rückhalt für eine abschlägige Antwort des Deutsch-Japanischen Kulturforums intus hatte, und öffnete den Briefumschlag.

»Sehr geehrter Herr Hofmann, wir freuen uns, Ihnen mitteilen zu können, daß ...«

Ich las einmal, dann noch einmal, dann winkte ich Klaus heran. »Trinkst du einen Schluck mit?«

»Sicher – gibt's was zu feiern?« Er deutete auf den Brief.

»Ja«, sagte ich. »Ich muß doch nicht in den Schuldturm.«

»Na, dann! – Sekt?«

»Schampus«, sagte ich. »Den Besten, den ihr habt!«

»An mir soll es nicht scheitern«, sagte Klaus und griff nach der *Witwe* in der Kühlvitrine.

Drittes Kapitel

Ich saß mit Schwester Vera im Bistro *Kattelbach* am Oranienplatz. In der Teeküche vom Deutsch-Japanischen Zentrum waren immer noch die Handwerker zugange. »Mein Gott, hören Sie sich mal das bloß an: ›Die meditativ-integrale Rückwärtsrolle – eine *Ki*-Übung, die Ihr Leben von Stunde an nachhaltig verändern wird. Mehrtägiges Intensiv-Retreat (Vollwertkost auf Yin-Yang-Basis inklusive) mit Aikido-Sensei Raphael Kumpel in Kreuzberg, Wiener Straße 88, 2. Hinterhof rechts, parterre.

– Interessenten werden gebeten, den *mittleren* Tempelgong *reinen Herzens* zu betätigen!‹« Ich warf die *Zitty* auf den Nachbartisch. »Kennen Sie diesen Kollegen, Schwester?« Meine Arbeit im Deutsch-Japanischen Kulturforum beinhaltete auch die Betreuung der Referentinnen und Referenten. Schwester Vera war eine Steinverder Ordensfrau, die jahrelang an einem College in Kamakura Deutsch unterrichtet hatte. Ihre Vortragsthemen im Kulturforum umfaßten so unterschiedliche Gebiete wie die Entwicklung der modernen Budokünste oder die Geschichte der frühen Christen Nippons.

»Ach, das ist noch gar nichts.« Sie reichte mir den *Tip*.

Ich blätterte reichlich fassungslos. Aikido-Zen, Yoga-Aikido, Psychodrama-Aiki-Rolfing oder Gestalt-Aikido waren noch verhältnismäßig seriöse Angebote in der Rubrik Aktivitäten, und diese Rubrik beanspruchte etliche Seiten des Stadtmagazins.

Schwester Vera beobachtete mich schmunzelnd. »Na, habe ich Ihnen zuviel versprochen?«

Ich las und schüttelte den Kopf. Eine Runenyogagruppe im Öko-Institut Berlin-Mitte unter Leitung von Psychohygienik- und Aikidomeister Swami Ayubla Frühauf-Bimmstein hatte Ausbildungsplätze für unverheiratete, weibliche Arbeitslose frei, die das dreißigste Lebensjahr noch nicht überschritten und Vorkenntnisse in Tai Chi (Peking-Form) hatten. »Der hauptstädtische Markt scheint ja außerordentlich zu boomen.«

Schwester Vera drückte den Rest Zitrone in ihren Tee. »Wie ist es denn in Norwegen, wimmelt es dort auch von exotischen Weltverbesserern?«

»Hmm, keine Ahnung, ehrlich gesagt. Ich habe dort tagelang keine Zeitung gelesen.« Im Blockhaus am Norddalsfjord hatte es nicht einmal ein Radio gegeben. Ich betrachtete die *Tip*-Annonce. Der Swami lächelte swamimäßig verklärt in die

Kamera, ähnelte darin seinem Sensei-Kollegen Rolf Kumpel in der *Zitty*. »Was sind das für schrille Vögel, Schwester?«

Sie schraubte den Zuckerstreuer auf und behob mit dem Löffelstiel die Verstopfung im Rohr. »Der eine oder andere von ihnen kreuzt gelegentlich im Leistungszentrum auf und schaut beim Training zu. Mitmachen tut niemand. Es ist den Herren Gurus wohl zu anstrengend bei uns.« Ich mußte lächeln, als ich mir diese Möchtegern-Bhagwans in Schwester Veras Intensivklasse für Schwarzgurte vorstellte, wenn Konditionstraining angesagt war. Vera Veltheim, Aikikan-Cheftrainerin zwischen Oder und Elbe, war nicht nur bibelfest, sondern auch Trägerin des 6. Dans und damit die ranghöchste Aikido-Frau Deutschlands.

Saruman, der makrobiotisch genährte, stoppelbärtige Seher, erschien in der Türöffnung des Lokals. Ich winkte der Bedienung, bevor er mich erblickte. Die knochige Gestalt des Ex-Bankkaufmanns war den Anwohnern des Oranienplatzes, was den Leuten zur Zeit des Alten Testaments die Propheten waren: ein Warner wider den Verfall. Diejenigen, die Saruman näher kannten, tranken bei seinem Erscheinen schnell ihren Kaffee oder ihr Bier aus, murmelten hastige Worte des Abschieds und verließen eilig die Lokalität. Die anderen aber, die den Seher gerade erst kennengelernt hatten, vermuteten hinter seinen uferlosen Tiraden tiefstes Wissen und lauschten andächtig seinen endlosen Monologen. Ich hatte das Vergnügen einer ausgiebigen Unterhaltung mit dem Seher bereits hinter mir.

Die Serviererin kam an unseren Tisch. »Wer zahlt was?«

»Geben Sie mir das mal.« Ich legte einen Zehn-Mark-Schein hin und stand auf. »Es stimmt so.«

»Danke.« Die Serviererin konnte ihre Neugier kaum verbergen. Offenbar eingeschüchtert von Schwester Veras heilsarmeeähnlicher Uniform, versuchte sie, nicht zu berlinern. Sie trug hautenge Leggins, die mit Strapsen an einer Madonna-Korsage befestigt waren und die ortsübliche Baseballmütze mit dem Schirm im Nacken. Das silberne Kruzifix auf Schwester Veras Brust hatte es ihr angetan. »Is das echt, ich meine, dieset Kreuz und die Tracht, das is doch keene Verkleidung, oder?«

»Nein, ich bin eine echte Steinverder Schwester.«

»'ne Nonne?«

»Keine Nonne. Wir Steinverderinnen sind ein evangelischer Orden.«

Es war zuviel für die Strapsträgerin. Sie murmelte: »Meene Fresse, watt et nich allet jibt!« und räumte ab.

Der Seher hatte mich erspäht. »Guten Tag«, sagte ich und griff rasch nach meiner Aktentasche.

»Was ist gut«, erwiderte er, »der Tag oder das, was wir gemeinhin als Tag bezeichnen? – Ist der Tag nicht auch die Nacht? Schließlich sagen wir: Dienstag und nicht Diensnacht. Und was bedeutet *gut* denn schon? Der gute Mensch von Setschuan – handelt es sich hier um dasselbe gut wie von *gut Holz* im forstwirtschaftlichen Kontext? Überhaupt – gibt es in unserer apokalyptischen Zeit noch das, was man bedenkenlos als *guten Tag* oder *guten Morgen* bezeichnen kann?«

Ich ließ Sarumans Frage unbeantwortet, nickte ihm freundlich zu, drängelte mich an ihm vorbei und folgte Schwester Vera zum Ausgang.

»Was wollte der Mensch denn von Ihnen?«

»Er ist nervig, aber harmlos. Alle nennen ihn hier Saruman, den Seher. Haben Sie zufällig mal Tolkien gelesen? In *The Lord of the Ring* gibt es einen sprachgewaltigen Zauberer, der so heißt. Nicht? – Na, egal! Unser Saruman hier versucht jedenfalls mittels Dialektik, Yoga und Diät die Welt zu verändern – bei Bedarf auch mit Penetranz.«

»Oh, je! Noch einer von diesen Rundum-Heilern.«

»Ja«, sagte ich. »Einer von der ganz hartnäckigen Sorte, die ihre Hunde abrichten, damit sie den Mond anbellen, und die jemanden keine drei Sekunden kennen und ihm schon auf den Kopf zusagen, daß er oder sie der Therapie bedürfen – natürlich seiner Therapie.«

»Die da wäre?«

»Ich weiß es nicht, obwohl ich neulich mit ihm geschlagene drei Stunden diskutiert habe. Es lief alles immer nur darauf hinaus, daß er mir klarmachen wollte: ›Nimm meinen Rat an, und du wirst genesen‹ – nur daß ich beim besten Willen nicht begriffen habe, wovon ich eigentlich geheilt werden sollte.«

Schwester Veras Wagen stand gegenüber vom Döner-Imbiß. Der Huttürke aus dem Café *Alibaba* kam beschwingt über den Oranienplatz gehüpft und bot den Passanten großzügig von seinem Joint an. Eine fast legale Handlung, denn kleinere Mengen Shit zu besitzen, war seit einem vieldiskutierten Urteil des Bundesverfassungsgerichtes nicht mehr strafbar. Die Richtung, die der hüpfende Raucher einschlug, ließ mich ganz stark vermuten, daß er zwecks Gedankenaustausch den Seher im *Kattelbach* treffen wollte. Schwester Vera stieg in ihren Uralt-Volvo und kurbelte das Seitenfenster hinunter. *Leiche,* eine der Drogenprostituierten vom Kottbusser Tor, übergab sich direkt vor dem Imbiß, hockte sich in den Rinnsteig, und rauchte erst einmal eine Zigarette. Ich arbeitete seit knapp einer Woche in Kreuzberg, hatte bereits viel gesehen und gehört und mußte mir eingestehen, daß ich immer noch leicht zu schockieren war.

Schwester Vera beeindruckte das alles überhaupt nicht. »Filmemacher, Punks und Junkies, Herr Hofmann. Trotz fünfstelliger Postleitzahlen und Hauptstadt-Bauboom gibt es unverkennbar Reste vom berühmt-berüchtigten SO 36.«

Wie zur Bestätigung ihrer Worte tauchte Strohstern auf, kurzbehost mit Jesuslatschen und einem alten Bundeswehrrucksack, der seine skurrilen Bastgeflechte barg.

»Strohstern kaufen?« Strohstern steckte Schwester Vera einen handtellergroßen Christbaumstern entgegen. »Strohstern kaufen?«

Schwester Vera schüttelte bloß einmal energisch den Kopf, das genügte. Strohstern versuchte sein Glück bei mir. Die Art, wie er die Ware feilbot, war ein wenig stereotyp.

»Strohstern kaufen, Strohstern kaufen?«

Das skandinavische Hoch hatte sich in Nord- und Mitteleuropa gehalten. Das Thermometer zeigte 22 Grad plus, wahrlich kein Wetter, um Christbaumschmuck zu kaufen. »Weihnachten vielleicht«, sagte ich.

»Strohstern kaufen? Strohstern kaufen?« brabbelte Strohstern unbeeindruckt weiter.

»Zisch endlich ab!« knurrte ich ihn an. Das wirkte. Strohstern verschwand ebenfalls gen *Kattelbach*.

»Ich sehe Sie diese Woche noch im Leistungszentrum?« Schwester Veras Oldtimer sprang nagelnd an.

»Wenn, dann wohl kaum vor Freitag. Ich chauffiere unseren neuen Vizedirektor durch das Umland. Wir wollen nach Potsdam, Wandlitz und zum Schiffshebewerk Niederfinow, vielleicht auch noch kurz zum Kloster Chorin. Nachmittags steht dann sogar ein Rundflug auf dem Programm. Das Kulturinstitut hat kürzlich wieder eine beachtliche Geldspende von der japanischen Industrie gekriegt und will sich ein Gästehaus irgendwo im Grünen zulegen. Mitsubishi, Mitsui, alle sind dabei. Selbst das Außenministerium hat sich mit einem, allerdings kleineren, Betrag beteiligt. Eine Firma mit ellenlangem Namen, *Kokusaiboekikabushikigaisha* oder so ähnlich, hat sich besonders hervorgetan. Dabei finanziert sie schon unseren halben Jahresetat, und der ist beachtlich.«

»Wenn Sie mal einen Sponsor für unser Obdachlosenasyl in Eberswalde übrig haben, lassen Sie es mich bitte wissen. Die Stadt hat uns gerade wieder mal die Zuwendungen gekürzt.« Der Wagen setzte sich langsam in Bewegung, stieß ganz und gar unchristliche Qualmwolken aus.

Hausmeister Bößner war ein militanter Fahrradfahrer und hatte von der anderen Straßenseite aus alles beobachtet. »Igitt! Was sagt denn der liebe Gott dazu, wenn man seine Schöpfung derart verpestet?« Er ging mit mir durch die Eingangshalle zum Lift und drückte für mich die vierte Etage. Der Fahrstuhl setzte sich ruckelnd in Bewegung.

»Wer bitte?«

»Der liebe Gott, Herr Hofmann, der, der uns alle nach seinem Bild geschaffen hat.«

Ich betrachtete verblüfft das bibelkundige Ebenbild Gottes mit dem Irokesenhaarschnitt und dem verschwitzten Unterhemd.

Bert Bößner grinste mich breit an. »Ich war immer gerne Meßdiener, so viele nette Knaben um mich herum, und einen Kaplan hatten wir, sage ich Ihnen ...«

Schwul und gut in Religion. Ich grinste zurück. »Ich bin streng evangelisch, von Natur aus, aber wie heißt es doch so schön in der Bibel: ›Im Haus meines Vaters sind viele Zimmer.‹«

»Touché!« Bößner zwinkerte mir zu. Wir hatten uns verstanden. »Werden Sie heute wieder so lange an der Arbeitsfront sein wie gestern?«

Ein guter Hausmeister weiß eben alles. Unser neuer stellvertretender Institutsleiter, Doktor Toichi Hashimoto, hatte, frisch aus Nippon eingeflogen, im Eilverfahren das japanische Überstundensystem eingeführt. Es dauert erfahrungsgemäß ein paar Wochen, bis sich Japaner an die deutsche Arbeitsauffassung gewöhnen.

»Heute wird's wohl nicht ganz so schlimm werden. Dafür geht es morgen aber zu nachtschlafener Zeit ab ins Umland.«

»Um Himmelswillen! In den Osten? Noch dazu mit einem Schlitzbürger? Haben Sie denn ein gepanzertes Fahrzeug? Skins machen bekanntlich keinen Unterschied zwischen Japanern und anderen Asiaten. Fidschis klatschen, heißt der neue Volkssport der brandenburgischen Jugend – Fidschis oder Schwule –, Juden gibt's ja kaum welche mehr.«

»Keine Bange, mein Lieber! So schnell klatscht es sich nicht! Der Vize hat einen hohen Dan in Karate, und ich bin auch noch nie weggerannt. Außerdem sind wir gegen Mittag zu einem Rundflug in Strausberg angemeldet.«

»Auch das noch, Rundflug! – Oh là là, Herr Hofmann, wenn das mal gutgeht. Die Preußen Asiens sollen hinter dem Steuerknüppel gelegentlich gewisse Tendenzen entwickeln. Ich hab' da ein paar Filme gesehen. ›Tenno heika, bonsai!‹ oder so ähnlich haben die immer gebrüllt und sich dann aufs nächste Schiff gestürzt. Meiden Sie also lieber alle schiffbaren Gewässer. ›Kamikaze‹ heißt dieser japanische Volkssport.«

»Es ist zum Glück lange her, daß das populär war, mein Verehrtester – außerdem fliegt natürlich nicht der Vize, sondern ein guter Bekannter von mir.«

Der Lift hielt. Bößner drückte die Tür auf und ließ mir den Vortritt. »Trotzdem, es ist beruhigend, Leute wie Sie im Haus zu haben. – Obwohl, die Rechten lassen sich hier in Kreuzberg eigentlich nie blicken. War vielleicht auch der Hauptgrund, weshalb das Kulturinstitut nicht wie erst geplant in Pankow eröffnet wurde, oder wie sehen Sie das?«

Ich zuckte mit den Achseln. Bößner hatte vermutlich recht. Professor Watanabe, unser ehrenwerter Institutsleiter, beteuerte zwar andauernd, daß ausschließlich die Tatsache, daß das Bürohochhaus am Oranienplatz von den berühmten Gebrüdern Taut erbaut worden war, den Ausschlag für den Standort des Kulturzentrums gegeben hatte; aber die endgültige Entscheidung, ob in Pankow oder Kreuzberg, war immerhin einen Tag nach den brutalen Anschlägen auf japanische Touristen in Bad Freienwalde gefallen. Urplötzlich hatte niemand mehr von Pankow gesprochen.

Der Hausmeister hob eine plattgetretene Zigarettenschachtel auf und schloß die Fahrstuhltür. »Na, dann noch frohes Schaffen heute.« Er verschwand durch die Feuerschutztür im Treppenhaus.

Unser Etagennachbar war eine niederländische Speditionsfirma. Hinter der Milchglastür von *Rotterdam Snelvracht* wuchs ein Schatten ins Unendliche. Die Tür schwang auf, und der Geschäftsführer der *Snelvracht* trat auf den Flur. Er war offenbar bereits auf dem Weg ins Wochenende, denn er hatte eine umfangreiche Angelausrüstung geschultert und trug kniehohe Gummistiefel. »Einen schönen Feierabend, Mijnheer!«

»Wo denken Sie hin, Herr van Grootern, um diese frühe Stunde schon?« Ich gab mir alle Mühe, wie ein dynamischer, aggressiver Jung-Manager auszusehen. »Es ist ja noch nicht einmal halb sechs!«

»Als Unternehmer kann ich da nur sagen: Höchst löblich, diese Arbeitnehmerhaltung!«

Der Flur war geräumig, trotzdem machte ich einen Schritt beiseite, um den Drei-Zentner-Koloß mit seiner sperrigen Angelruten- und Käschersammlung passieren zu lassen.

Van Grootern quittierte es mit einem wohlwollenden Nicken.

»Danke, Mijnheer! – Außerdem, wie hieß es denn neulich so schön im *Spiegel*? ›Von den Japanern lernen, heißt siegen lernen!‹«

»Diesen Slogan habe ich ein bißchen anders in Erinnerung.« Die russischen Bauchladenhändler auf dem Kudamm verkauften jetzt sogar Held-der-Sowjetunion-Orden.

Van Grootern griente mich vielsagend an, tippte mit seinem wurstigen Zeigefinger an die Hutkrempe und wuchtete sich gen Fahrstuhl. Bößner hatte uns vor ein paar Tagen miteinander bekanntgemacht. Der Dicke hatte mir daraufhin eine aufwendig gestaltete Werbebroschüre der *Schipp-Snelvracht* in die Hand gedrückt. »Meine Firma muß hier Flagge zeigen. Berlin wird mit Sicherheit in naher Zukunft wieder eine bedeutende Drehscheibe im Ost-West-Handel werden, und da wollten wir uns beizeiten ein ordentliches Stück vom Kuchen sichern.«

Von einem übermäßigen Run auf die Hauptstadt hatte ich allerdings noch nicht sehr viel bemerkt, eher vermeinte ich, die umgekehrte Tendenz zu beobachten. Zum Beispiel hatte erst kürzlich die Berlin-Redaktion der Asahi-Zeitung dichtgemacht und war nach Bonn zurückgekehrt. Fuji-TV stelle ähnliche Überlegungen an, munkelte man.

Im Institut gab man sich noch bienenemsig. Solange, aus welchem Grund auch immer, Professor Watanabe das Haus nicht verlassen hatte, würden zumindest die japanischen Sekretärinnen weiterhin Prospekte falten, Aktenordner militärisch nach Farbe und Größe ausrichten oder die Blumen gießen. Ich hatte heute ausnahmsweise tatsächlich noch etwas Sinnvolles zu erledigen. Doktor Hashimoto hatte mich gebeten, die Route für den morgigen Ausflug auszuarbeiten. Singapur oder Hongkong waren mir, ehrlich gesagt, weitaus vertrauter als die neuen

Bundesländer. Auf mich wartete also ein Stapel Landkarten und Reiseführer zum Thema Mark Brandenburg. »Historisch interessant« sollte unser Tagesausflug werden. Als ich das Material gesichtet hatte, stand mein Vorschlag fest. Ich setzte mich an meinen Computer und schrieb. Zuerst würden wir Potsdam einen längeren Besuch abstatten, Sanssouci, Holländisches Viertel, Nauener Tor und so weiter. Anschließend würden wir dann über Oranienburg nach Wandlitz fahren und einen Rundgang durch die Ex-Prominentensiedlung des verflossenen Arbeiter- und Bauernstaates machen. Von dort aus hatte ich vor, daß wir uns auf der B 109 nach Norden hielten, um irgendwann hinter dem Oder-Havel-Kanal in Richtung Kloster Chorin abzubiegen. Letzter Besichtigungsstop sollte das Schiffshebewerk Niederfinow sein. Danach würde es wieder nach Süden gehen, zum Flugplatz Strausberg. Mein alter Schulfreund Wolfgang, der sich seit der Wende seine Brötchen als Luftkutscher verdiente, erwartete uns dort um 15 Uhr 30 mit einer Cessna der Strausberger Mini-Trans-Airline, die wir für eine Stunde gechartert hatten. Das Kulturinstitut ließ sich die Suche nach einem geeigneten Sommerhaus wahrlich ein paar Yen kosten.

Ich druckte meinen Text aus und löschte die Schreibtischlampe. Der Vizedirektor residierte eine Tür weiter rechts. Ich klopfte an.

»Hai, doozo!«

Als ich in Hashimotos Zimmer trat, saß er über Kartenmaterial gebeugt. Neben dem Telefon lag die neueste Ausgabe vom ADAC-Straßenatlas.

»Konban wa, Sensei!« Wenn ich Japanisch sprach, gebrauchte ich wie alle im Institut die Anrede *sensei*, schließlich hatte der Vize an der renommierten Tokioer Todai-Universität über europäische Geschichte des 20. Jahrhunderts promoviert.

»Doozo, Hofman-san, nehmen Sie doch Platz!« Er schob die Karten an den Schreibtischrand und studierte intensiv meinen Vorschlag. »Sehr gut! Allerdings hätte ich eine Bitte. Meinen Sie, es wäre möglich, einen kurzen Abstecher zu den Seelower Höhen zu machen? Natürlich nur, wenn wir dadurch unseren Flugtermin nicht gefährden.« Er legte eine der Brandenburg-Karten über mein DIN A4-Blatt und umkringelte mit einem Textmarker großräumig die Gegend um Seelow.

»Wenn wir uns nicht allzu lange in Wandlitz oder Chorin aufhalten, sehe ich darin überhaupt kein Problem.«

Hashimoto strahlte mich an. »Das gereicht mir zur Freude. Ich habe mir nämlich schon seit langem gewünscht, diese geschichtsträchtige Landschaft zu bereisen. – Ich meine die berühmten Seelower Höhen.«

Der Vize sprach, im Gegensatz zu Professor Watanabe, ein fast akzentfreies, aber bisweilen doch ein wenig antiquiertes Deutsch. – Daß er bei Seelow das *w* mitaussprach, fand ich verzeihlich.

Der Wunsch, die entscheidenden Schlachtfelder des Endkampfes um die Reichshauptstadt zu besichtigen, überraschte mich nicht. Hashimotos Faible für deutsche Militärgeschichte war offenkundig. Seinen Schreibtisch zierte eine bemalte Zinnfigur Friedrichs des Großen, wie er seinen Soldaten in der Schlacht von Zieten mit gezücktem Säbel voranritt. Ferner gab es einen, die Reichskriegsflagge schwenkenden, Marine-Infanteristen der kaiserlichen Kolonialtruppen und einen Miniatur-Panzerschützenwagen des Afrikacorps aus Blech.

»Und dann hätte ich noch ein Anliegen.« Hashimoto schlug eine markierte Seite im ADAC-Straßenatlas auf. Friedrich der Große wurde angehoben, seine Säbelspitze unterstrich eine Landstraße längs des Oder-Havel-Kanals. »Ist das machbar?«

Er schob mir den Atlas über den Tisch.

Ich studierte die Legende und gab ihm den Atlas zurück. »Warum nicht? Straßen dieser Größenordnung mögen zwar streckenweise ein wenig holprig sein, aber wenn man sie in der diesjährigen Kartenversion eingezeichnet hat, sind sie vermutlich auch befahrbar.«

Fredericus Rex hatte seine Schuldigkeit getan und durfte wieder dem fahneschwenkenden Marineinfanteristen voranstürmen.

Der Vize nickte zufrieden. »Gokuroosama, Hofman-san!«

Und damit war ich höflich in den Feierabend entlassen. Ich fuhr sofort in die City. Meine Arbeit machte mir im großen und ganzen Spaß, trotz Überstunden, aber Kreuberg deprimierte mich immens. Ich war immer froh, wenn ich wieder in meinem Kiez war.

VIERTES KAPITEL

Als der Seher zusammen mit Strohstern und dem Huttürken das Bistro *Kattelbach* verließ, dämmerte es bereits. Auf den Parkbänken am Oranienplatz lagen Stadtpenner neben Halden von Bierbüchsen und schliefen ihren Rausch aus. Ein Punk hatte es sich mit seinen zwei Schäferhunden in der Eingangshalle vom Taut-Haus bequem gemacht.

»Hunde sind unreine Tiere«, sagte der Huttürke. »Dort, wo ein Bild ist oder ein Hund haust, meiden die Engel das Haus.« Der Huttürke hatte als Kind in der Koranschule gut aufgepaßt.

»Er hat es zumindest warm«, sagte der Seher. »Und – was

wäre schon der Mensch ohne den domestizierten Wolf und Dingo? Er hütet ihm das Vieh, zieht ihm den Schlitten und bewacht seinen Schlaf. Kaum auszudenken, wie sich die menschliche Zivilisation ohne des Menschen besten Freund entwickelt hätte. Bereits im Neolithikum ...«

»Trotzdem«, sagte der Huttürke. »Hunde sind dreckige Tiere, wie Schweine.« Er hielt dem Seher einen frisch angezündeten Drei-Blatt-Joint hin. »Willste 'nen Zug?«

Saruman ließ sich nicht in seinem Monolog unterbrechen. Er wich trippelnd einem Kothaufen aus. »Schon im Neolithikum war die Mensch-Hund-Symbiose zur Zufriedenheit beider Seiten vollzogen.«

Das Zweckbündnis funktionierte noch immer. Die Hunde richteten sich auf und begannen zu knurren, als die Männer an der Glastür vorbeigingen.

Strohstern sog genüßlich an dem vom Seher verschmähten Joint und gab ihn dem Huttürken mit anerkennendem Kopfnicken zurück. »Ist ja kräftig was drin in der Tüte, alle Achtung!«

»Blonder Schimmelafghan, was ganz Besonderes«, sagte der Huttürke. »Selbst unter Freunden kostet das Gramm ein Pfund!«

»Vermutlich begann auch ein erster Gebrauch berauschender Substanzen in der Jungsteinzeit«, sinnierte der Seher. Er deutete auf ein Graffiti an der frisch restaurierten Hauswand. *»Nicht vergessen, Helmut, Eigenbedarf endet bei 2 Gramm!«* verkündete die Sprechblase aus dem Munde eines tanzenden Rastas. Die Sprechblase hatte Birnenform. Der Seher hob pädagogisch den Zeigefinger. »Einige Höhlenmalereien in Südfrankreich zumindest lassen eine Deutung in dieser Hinsicht durchaus zu.«

Das deutsch-türkische Trio war am Eingang des Taut-Hauses

vorbei, und die Punkhunde kringelten sich wieder zusammen und wachten weiter über das Bierkoma ihres Herren.

Ecke Prinzessinnenstraße fand der Joint doch noch den Weg zum Seher. Er brannte unregelmäßig, weil Strohstern zu hastig daran gesogen hatte. Saruman bannte die Gefahr eines unregelmäßigen Abbrennens, indem er den Finger in den Mund steckte und seinen Speichel umsichtig auf dem Zigarettenpapier verteilte. »Wenn ihr wollt, können wir noch zu mir fahren.« Der Joint wanderte zu seinem Schöpfer zurück. »Ich steh' gleich da vorne.«

Der Seher besaß einen relativ neuwertigen, zweitürigen Golf, den er bei einer Gebrauchtwagenauktion der Polizei ersteigert hatte. Die blanken Stellen auf den Türen, wo einst der Berliner Bär geprangt hatte, waren mit dem Ying-Yang-Symbol überklebt. Strohstern warf seinen Rucksack auf die Rückbank und kletterte hinterher. Der Huttürke fummelte am Radio.

»Geht nicht«, sagte der Seher. »Im Handschuhfach ist ein Transistorradio, aber die Batterien sind reichlich runter. Glaub' kaum, daß du da noch was rausholst. Mußt die Antenne ausfahren, sonst tut es überhaupt keinen Mucks.«

»Der Lautstärkenregler klemmt«, sagte der Huttürke und hielt sich das Radio ans Ohr. »Scheiße, nur Gequatsche. Irgend so ein Talk-Mist.«

Sie fuhren nicht weit. Der Seher wohnte am Urban-Krankenhaus über einem Puff. Durch die schweren Samtvorhänge im Parterre schimmerte rötliches Licht. Vor dem Etablissement parkte ein schwarzes Mercedes-Coupé einer Sonderserie und ein feuerroter Porsche. Ein Mann öffnete gerade die Fahrertür vom Daimler, ein zweiter kam aus dem Hausflur. Im *Chez Alexandra* wurde anscheinend noch fleißig gearbeitet.

Auf der gegenüberliegenden Straßenseite war ein Stellplatz

frei. Der Seher parkte den Golf schwungvoll ein und schaltete die Zündung aus.

Strohstern nuckelte noch am Jointrest. »Moment, ist noch was drin!« Ein paar glimmende Haschischbröckchen fielen aus der Tüte. Strohstern ließ den Joint fallen und schlug sich heftig auf die Oberschenkel. »Mist«, schrie er. »Ich krieg sie nicht aus!«

»Spuck rauf«, sagte der Seher und öffnete die Fahrertür.

Der Huttürke hielt immer noch das Radio gegen das Ohr gepreßt.

»Wohltätig ist des Feuers Macht, wenn es der Mensch gezähmt bewacht«, deklamierte der Seher nicht gerade korrekt und stieg aus. »Fackel mir also bitte mein *Auto-Mobil* nicht ab.«

»Hier stinkt's«, sagte der Huttürke und drehte sich nach hinten um. Die Jointkippe hatte die Literaturbeilage der *Zeit* auf der Fußmatte angekokelt.

»Aber was wäre die Menschheit ohne die segenbringende Eigenschaft des Feuers. Keine Christbaumkerzen, keine heißen Suppen. Und Dante hätte sein *Inferno* womöglich *Gletscher* oder *Trockeneis* betiteln müssen.«

»Inferno gibt's gleich reichlich, wenn der Penner das nicht gerafft kriegt«, sagte der Huttürke und stieg auch aus. Strohstern trampelte hektisch auf der Zeitung herum, während er gleichzeitig seine Oberschenkel bespeichelte.

Der Seher warf ihm den Wagenschlüssel auf die Rückbank. »Wir gehen schon mal vor. Frohes Löschen.«

Strohstern spuckte und steppte weiter.

»Ah, jetzt geht's wieder!« sagte der Huttürke. »Das Rädchen hatte bloß geklemmt.« Aus dem Radio ertönte quakend die Verkehrsübersicht von B2.

»Da drüben wohne ich«, sagte der Seher und zeigte auf seine Fensterreihe über dem Bordell.

Die beiden Männer am Mercedes sahen zwei lederbejackte Gestalten aus einem grünweißen Golf auf sich zukommen, von denen eine mit ausgestrecktem Arm auf sie deutete und die andere ein plärrendes Sprechfunkgerät in der Hand hielt.

Sie zögerten keinen Augenblick. Die Feuergarbe traf zuerst den Seher, wanderte dann durch den Hutturken. »Im Wagen sitzt noch einer!« Eine Uzi mit Vonderford-Schalldämpfer ist kaum lauter als eine Kette explodierender Pfennigschwärmer, aber als sich der Rest des Magazins in den grünweißen Golf entleert hatte, und das Coupé mit quietschenden Reifen anfuhr, gingen in der Straße sofort die ersten Lichter an. Die demogeschädigten Kreuzberger waren, was splitterndes Autoglas betraf, äußerst sensibilisiert.

Fünftes Kapitel

»Shitsurei itashimasu! – Ich begehe eine Ungehörigkeit!« Jedesmal, wenn das Hausmädchen die Runde macht, um nach der Holzkohle in den gußeisernen Becken zu schauen, kniet es vor den papierbespannten Schiebetüren nieder und verbeugt sich mehrmals tief, bevor es die Zimmer betritt. Alle Suiten der Luxusherberge haben anstelle von Nummern poetische Bezeichnungen: herbstliches Bambusgelaß, Halle der mondbeschienenen Kiefern oder Pavillon der klaren Lüfte.

Yasunari Fujita und Hiroo Kurihama, die sich im Schneidersitz an der gemauerten Vertiefung des Kohlebeckens gegenübersitzen, beachten die Frau nicht. Sie tritt lautlos ein, legt mit einer Messingzange neue Holzkohlenstückchen nach, leert die

Aschenbecher und vergißt auch nicht, die irdenen Sakekrüge aus dem reisstrohumwickelten Holzfaß in der Zimmerecke nachzufüllen. Die bauchigen Krüge stehen dicht an dicht in einem wassergefüllten Eisenkessel auf einem Dreifuß direkt über der Glut. Kurihama und Fujita sind in dickwattierte Kimonos gehüllt, die der Ryokan seinen Gästen in der kalten Jahreszeit zur Verfügung stellt. Herbstabende an den Fuji-Seen können bereits empfindlich kühl sein.

Das Dienstmädchen rutscht auf den Knien zur Schiebetür zurück. »Falls die Herren noch einen Wunsch hätten ...«

Fujita, mit dem Rücken zur Frau, wedelt mit der Hand, als würde er ein lästiges Insekt verscheuchen. Das Zimmermädchen verbeugt sich wieder ehrerbietig, die Stirn berührt dabei fast die Reisstrohmatten. Lautlos schließt es die Schiebetür.

»Zzaaa ...« Kurihama gibt ein gepreßtes, nachdenkliches Zischeln von sich, kaum vernehmlicher als die Blätter der Bananenstaude, die an der Regenrinne scharren. »Zzaaa ...« Er entfaltet die verschränkten Arme über seinem Schmerbauch und tastet mit Daumen und Zeigefinger in einem Silberschälchen nach einem Zahnstocher. Die Spitze des Holzspans verschwindet zwischen zwei massiv-goldenen Schneidezähnen. Die mit dem Emblem des Gasthofs bedruckte Papierhülle vom Zahnstocher verglüht rauchlos unter dem Eisenkessel. Das Silberschälchen wird über das Kohlebecken gereicht.

Diesmal sind es die Zwischenräume goldüberkronter Backenzähne, die abgetastet werden. Fujita, von gleicher buddhamäßiger Statur wie Kurihama, zerknickt seinen Zahnstocher und wirft ihn in die Glut. »Deine Bedenken in Ehren, mein Lieber, aber bislang hat er uns die gewünschten Wagen doch relativ schnell beschaffen können.«

»Zzaaa ...« Kurihamas Miene verdüstert sich.

»Der letzte Transport ist erst vier Tage später als geplant abgegangen!«

»Es war nicht seine Schuld, die Polen haben es verzapft.«

»Die Polen, die Polen! Ich kann es nicht mehr hören! Immer, wenn was schief geht, sind es diese ominösen Polen! Ich traue deinem Mann nicht über den Weg.«

Fujita zuckt mit den Achseln. »Bringt doch nichts, sich aufzuregen, in Berlin sind wir völlig auf ihn und seine Leute angewiesen – in der Anfangsphase zumindest.« Er hebt einen Sakekrug aus dem Wasserbecken und trocknet ihn an seiner Kimonojacke.

Kurihama hält ihm seine Reisweinschale hin, wird bedient, nimmt dann den Krug und füllt im Gegenzug Fujitas Becher. »Kampai!«

»Kampai!« Fujita leert den Becher in einem Zug, leckt sich die Lippen. »Außerdem, zu deiner Beruhigung, ich hab gestern noch kurz mit ihm telefoniert. Die nächste Sendung wird gerade in Rotterdam verladen.«

»Zzaaa ...« Kurihama nippt an seinem Sake und stellt ihn auf den Rand des Kohlebecken ab. »Weißt du was? Das glaube ich erst, wenn die *Kaiko-Maru* ohne Zwischenfälle wieder in Singapur ist.«

Fujita bedenkt seinen Kompagnon mit einem ironischen Lächeln. »Weißt du, Kurihama, wenn es nach dir gegangen wäre, hätten wir uns in Hawaii engagiert und würden uns jetzt mit den Hayashi- oder Kagawa-Leuten rumprügeln, anstatt in Europa eine konkurrenzlose Organisation auf die Beine zu stellen.«

»Abwarten«, sagt Kurihama.

Sechstes Kapitel

Als ich die Rampe der Tiefgarage hochfuhr, war es bereits stockdunkel. Mein wievielter Zwölf-Stunden-Tag war das eigentlich, seit der Vize uns in eine japanische Enklave umzuformen versuchte? Immerhin ging er mit gutem Beispiel voran. In seinem Büro erlosch das Licht selten vor Mitternacht, hatte mir der Hausmeister erzählt.

Bößner machte gerade einen letzten Kontrollgang um das Gebäude. In der Prinzessinnenstraße wurde die Innen- und Außenfassade vom Taut-Haus restauriert, und der entsprechende Gebäudeflügel war bis zum Flachdach eingerüstet, wo der Hausmeister seinen Dachgarten hatte. Zwei Einbruchsversuche hatte es bereits gegeben.

»Na, Herr Hofmann, jetzt aber hurtig ab nach Hause in die Heia.«

Er schloß das Hoftor hinter mir. Ich stieg aus, bot ihm eine Zigarette an und gähnte. »Mir ist zwar ganz danach, aber ich muß gleich noch auf eine Party. Hab' leichtsinnigerweise *vor* Ankunft unseres Herrn stellvertretenden Direktors fest zugesagt, daß ich aufkreuzen werde.«

»Und als guter Preuße halten Sie also gähnend Ihr Versprechen! Alle Achtung!«

»Wird ja vielleicht auch ganz lustig. Es sind alles alte Bekannte von mir. – Ich muß eh erst immer ein bißchen abschalten, wenn ich aus dem Laden hier raus bin.«

»Na, dann noch viel Spaß!« Bößner schlug die Hacken zusammen und salutierte.

Ich stieg ins Auto und ließ das Seitenfenster hinunter. »Waren

Sie eigentlich beim Bund? Ich meine, Männer in Hülle und Fülle, da wären Sie doch richtig gewesen.«

Der Hausmeister machte eine zu Tode betrübte Miene. »Ich habe bei der Musterung natürlich allen verantwortlichen Anwesenden meine immense Freude über genau diese Aussichten kundgetan.« Er schnippte die Kippe in den Rinnstein. »Stellen Sie sich vor: leider, leider, Herr Hofmann, wollte man mich nicht. Können Sie mir vielleicht erklären, warum? Ich hatte mir sogar extra die Haare frisch blondiert, damals waren sie schulterlang, und mich sorgfältigst, ich wiederhole: sorgfältigst – und dem Anlaß entsprechend natürlich nur äußerst zurückhaltend – geschminkt, dezenter Lippenstift, kaum Lidschatten. Schließlich wollte ich doch einen gepflegten Eindruck machen als zukünftiger Landesverteidiger gegen die atheistischen, bolschewistischen Horden.«

»Es wird ein ewiges Rätsel bleiben, weshalb man Sie verschmäht hat«, sagte ich und fuhr an.

»Und nicht vergessen, Herr Hofmann, Ihr Chef sollte morgen besser nicht neben dem Piloten sitzen. Erklären Sie ihm einfach, die Rückbank sei bequemer.«

»Versprochen!«

Bößner winkte mir nach.

*

Ich fand in der Schlüterstraße einen Parkplatz vor dem *Unionjack* und fühlte mich wie ein Lottokönig. Normalerweise mußte man sich zu dieser Abendstunde glücklich schätzen, wenn man in zwei Kilometer Umkreis einen fand.

Ich entdeckte Werners neuen Daimler sofort. Quittegelb und majestätisch stand, nein, residierte er, flankiert von Klaus' bescheidenem Automatik-Uralt-Käfer und Sheenas winzigem Mazda. Im *Dralle's* ging es hoch her. Ich wühlte mich durch die Menschentraube am Eingang. Werner Dralle saß am Tresen und hielt Hof. Alle Stammgäste waren gekommen. Helmut, sonst eher von der schweigsamen Sorte, redete lautstark und angeregt auf Werners Bruder ein, was aber auch am augenblicklichen Lärmpegel liegen mochte. Ich sah weiter hinten Sheena, wie stets von einem Verehrerschwarm umflattert. Johannes, der Zahnarzt, tippte seinem Gesprächspartner nachdrücklich und rhythmisch auf die Krawatte. Vermutlich war er bereits wieder bei seinem Lieblingsthema, der Ungeheuerlichkeit der Gesundheitsreform, angelangt. Oldies aus den Fünfzigern und Sechzigern, wie Werner sie liebte, wechselten mit frühen Beatles und Stones. Sektgläser klirrten, Biergläser wurden gehoben und zügig geleert.

»Für uns mal noch 'ne Runde Soave!«

»Mir bitte einen Café-Cognac und einen Chablis für Sheena!«

Klaus, mit Schweißperlen auf der Stirn, machte ein Gesicht, als kaue er auf einer Zitronenspalte. Er notierte mürrisch die Bestellungen. »Wird 'n Moment dauern. – Ist schön, daß ihr euch so nett amüsiert.« Die Zitrone mußte außergewöhnlich sauer sein, denn Klaus kräuselte beim Sprechen spastisch die Oberlippe. Er haßte es, wenn das Getümmel chaotisch zu werden drohte.

»Nimm's leicht, mein Lieber«, sagte ich. »Denk dran: viel Feind, viel Ehr!«

Klaus fand meine aufmunternden Worte überhaupt nicht lustig. »Wolfgang hat nach dir gefragt, er ist irgendwo dahinten«, knurrte er. »Whisky wie immer?«

Ich nickte.«Mach mir gleich einen Doppelten.« Dann kämpfte ich mich zu meinem Freund durch. Er saß unbeeindruckt von dem Trubel an einem Wandtisch und starrte nachdenklich in das leere Glas vor seinem Laptop. Aus der Art, wie er mit halb geschlossenen Augen meditierend durch seine John-Denver-Nickelbrille linste, schloß ich, daß er wieder eine seiner Fliegergeschichten verfaßte. Er bemerkte mich erst, als ich mich neben ihn quetschte.

»Aufgewacht, Monsieur Saint-Simenon!«

Er rutschte ein wenig zur Seite, seufzte und schaltete den Computer aus. »Bist du gerade erst rein?«

Ich bejahte. Wolfgang hob sein leeres Glas und wartete, bis Klaus in unsere Richtung blickte. Wolfgang streckte den Zeigefinger der anderen Hand in die Höhe. Klaus nickte kurz.

»Das ist dann mein vierter und letzter O-Saft für heute abend.«

Wenn Wolfgang flog, war er eisern, was Alkohol anbetraf. Er trank nicht das winzigste Schlückchen. Mein Delaphroig kam. »Ich darf ja wohl.«

»Wenn du jetzt noch den Anschluß an die anderen finden willst, mußt du dich kräftig ranhalten.«

Ich schaute umher. »Den Eindruck habe ich allerdings auch.«

»Für morgen sind kräftige Windböen vorausgesagt, bitte kotz mir meine Cessna nicht voll.«

»Ich habe wirklich nicht die Absicht, hier zu versacken, da sei mal ganz unbesorgt. Zwei, drei Nightcaps und dann ab in die Falle. War ein harter Tag heute.«

»Dein Boß hat mich übrigens vorhin nochmal angefaxt und mir seine Wünsche duchgegeben. Hier, schau mal!«

Hashimoto hatte ihm eine Kartenskizze geschickt und das Gebiet zwischen Oranienburg und Eberswalde längs des Oder-Havel-Kanals und Teile der Schorfheide mit einem Filzstift grob schraffiert.

»Hatte der Göring nicht in der Schorfheide seine Datscha?«

»Ja«, sagte ich. »Carinhall hieß der Laden.« Und ich erzählte Wolfgang von Hashimotos Passion.

Wolfgang blieb nicht mehr lange. Er trank seinen Orangensaft aus, klemmte sich den Laptop unter den Arm und stand auf. »Ich muß verflucht früh raus und die Maschine durchchecken. Seht zu, daß ihr pünktlich da seid! Um 17.00 Uhr habe ich den nächsten Termin.«

Ich hätte mich eigentlich auch langsam Richtung Bett begeben sollen, aber Werner wollte mir noch unbedingt den Safe in seinem Super-Mercedes zeigen. Die graue Stahlkiste füllte die Hälfte des Kofferraums aus und hatte ein Zahlenkombinationsschloß und eine zusätzliche Alarmanlage mit eigener Stromversorgung.

»Natürlich ist der Tresor auch absolut feuer-, aufprall- und sonst-noch-was-sicher.«

Ich war ehrlich beeindruckt. Das Teil sah wirklich sehr solide aus. »Was legt man denn bei Daimler für so einen Schlitten mit eingebautem Sparschweinchen auf den Tisch?«

Werner umging eine direkte Antwort auf meine Frage und sagte nur: »Unter hunderttausend Mark läuft in der S-Klasse fast überhaupt nichts.«

Gegen zwei Uhr war ich endlich zu Hause. Katzenkater war beleidigt und rannte weg, als ich ihn auf den Arm nehmen wollte. Seit ich die Stelle im Institut angetreten hatte, war er ein bißchen zu kurz gekommen. Er bequemte sich erst wieder zu mir in die Küche, als ich mit der Brekkie-Schachtel klapperte. Ich suchte nach einem letzten Gute-Nacht-Schlückchen, fand keins, putzte mir die Zähne und fiel ins Bett. Ich schlief augenblicklich ein.

Siebentes Kapitel

Der Wecker riß mich aus einer Tiefschlafphase. Katzenkater ignorierte das penetrante Zirpen und blieb zusammengekringelt auf der Bettdecke liegen, während ich in die Küche wankte, um das digitale Martergerät abzuschalten. Sechs Uhr dreißig war eine extrem unchristliche Zeit zum Aufstehen, besonders, wenn man drei doppelte Whiskys noch nicht so richtig abgebaut hatte. Als das Teewasser kochte, waren auch die Spiegeleier fertig. Ich bestrich sie mit süßem Mango-Chutney, bepuderte sie mit schwarzem Pfeffer und legte sie auf eine ungebutterte Toastscheibe. Katzenkater hatte sich eines Besseren besonnen und leistete mir doch noch beim Frühstück Gesellschaft; natürlich nicht ohne Hintergedanken. Die empirischen Studien, die er im Laufe der letzten Monate über mich angestellt hatte, trugen Früchte. Er bekam natürlich sein halbes Spiegelei. Das Chutney und den Pfeffer kratzte ich ebenso natürlich vorher wieder umständlich ab. Der hypnotische Blick, als er sich mir gegenüber auf den Küchenstuhl setzte, war indes verschenkt. »Mehr gibt's nicht, Dicker! Merke: Menschenfutter ist Menschenfutter, und Katzenfutter ist Katzenfutter. Und Spiegeleier auf Toastbrot ist eindeutig Menschenfutter!«

Katzenkaters Blick sprach Bände. Er hatte die Unlogik meines frühmorgendlichen Gebrabbels sofort durchschaut und überlegte vermutlich angestrengt, wie er in Zukunft daraus Kapital schlagen konnte.

Ich stippte den letzten Eigelb-Rest sorgfältig mit einer Brotkruste auf und hielt ihm den sauberen Teller vor die Nase. »Da! Alles weg, Monsieur, finito!«

Katzenkater fixierte mich noch einmal energisch, sah, daß mit Hypnose nichts mehr zu holen war, sprang vom Stuhl und wechselte abrupt die Methode. Was folgte, war das Programm armes, verhungerndes Kätzchen mit dem dazugehörenden, kläglichen Miauen.

Zwei zu null für meinen Mitbewohner, er bekam selbstverständlich sofort seine Büchse Whiskas. Ich schaltete das Radio ein. Es gab die üblichen Horrornachrichten aus aller Welt, und auch Berlin machte alle Anstrengungen, um nicht den Metropolen der Welt hinterherzuhinken. Auf dem südlichen Berliner Ring hatte es eine nächtliche Massenkarambolage gegeben, über fünfzig Schwerverletzte, und bei einer Schießerei in Kreuzberg drei Tote. Und obendrein drohte der Finanzminister eine Steuererhöhung für ledige Alleinverdiener an. Ein wunderschöner Tagesanfang. Immerhin versprach der Wetterbericht blauen Himmel und wieder angenehme Temperaturen. Katzenkater interessierte das alles nicht. Er trollte sich zurück ins Schlafzimmer. Während ich hinaus in die feindliche Welt mußte, um sein Futter zu verdienen, würde er ein gemütliches Verdauungsschläfchen auf meinem Kopfkissen halten. Ich fand, die Aufgaben zwischen der Krone der Schöpfung und der – ihr angeblich untertanen – Tierwelt waren bisweilen doch höchst ungerecht verteilt.

Punkt halb acht holte ich Doktor Hashimoto vom Hotel ab. Er residierte nobel im Steigenberger, bis eine passende Wohnung für ihn gefunden war. Das Institut schien wirklich nicht unter Geldmangel zu leiden. Hashimoto sah sehr japanisch aus mit seiner Nikonkamera und der Burberry's Schultertasche. Er war etwa einen halben Kopf kleiner als ich, aber breitschultriger, und trug einen gutsitzenden, dunkelblauen Einreiher. Am Revers steckte eine winzige Plakette. »Kyoto Karate Kenkyukai«. Hashimoto war Mitglied der Kyoto Karate Federation.

Kurz vor neun fuhren wir über die Lange Brücke in Potsdam. Wir parkten am Nauener Tor und machten einen Rundgang durch das Holländische Viertel. Überall wurde gebaut und restauriert. Ich referierte, was ich in den Reiseführern gelesen hatte. Der Vize nickte zu allem höflich, aber die Geschichte der holländischen Kolonisten interessierte ihn anscheinend nicht so brennend.

»Heute ist übrigens Markttag«, sagte er. »Wenn es Ihnen nichts ausmachen würde, hätte ich mir das gerne einmal angeschaut.«

›Sieh an‹, dachte ich. ›Er hat sich ja verdammt gut auf diesen Ausflug vorbereitet.‹

»Aber keineswegs«, sagte ich. »Der Markt ist gleich um die Ecke.«

Es waren noch nicht viele Menschen unterwegs. Die Budenbesitzer hielten Schwätzchen oder sortierten ihre Waren. Wir schlenderten durch die Standreihen. An einem Trödeltisch mit DDR-Nostalgieartikeln blieb Hashimoto stehen. Der Verkäufer saß hinter einem Tapeziertisch und hatte sich in die *Märkische Allgemeine Zeitung* vertieft. Winkelemente mit Hammer und Zirkel steckten in einer Blumenvase, die ein Bild von Erich Honecker zierte. Ein Nußknackermännchen aus der Produktion des *VEB Holzschnitzkunst (Erzgebirge)* biß in einen Club-Cola-Kronkorken. Über allem flatterten Halstücher der Jungen Pioniere und handtuchgroße Fahnen des vergangenen Arbeiter-und-Bauern-Staates. Der Verkäufer unterbrach seine Lektüre, als wir die Auslagen begutachteten. »Gan ich älfen?«

»Ich suche Zeitzeugnisse aus der jüngeren Vergangenheit.« Hashimoto deutete auf einen verglasten Schaukasten.

»So etwas zum Beispiel.«

Was Hashimoto unter »Zeitzeugnisse der jüngeren Vergangenheit« verstand, überraschte mich nicht. Er kaufte eine Medaille mit der Aufschrift »Verdienter Infanterist der NVA« und eine Broschüre: »Der sozialistische Kampfauftrag der Betriebskampfgruppen in der Schwerindustrie«.

Sichtlich befriedigt, verstaute Hashimoto seine Erwerbungen in der Schultertasche. »Wie hatten Sie es sich jetzt weiter vorgestellt?«

»Sanssoucis«, schlug ich vor. »Oder erst noch einen kurzen Bummel durch die Stadt?«

»Falls es unser Zeitplan zuläßt, wäre ich vorher noch gern in einen der hiesigen Buchläden gegangen.«

»Das ist überhaupt kein Problem, am Marx-Engels-Platz habe ich einen gesehen.«

Wir schlenderten in Richtung Landesbibliothek. Am Marktausgang zückte Hashimoto seine Kamera und schoß ein paar Fotos.

Vor einem Stand mit Küchenartikeln aus Holz passierte es. Ein Fettsack von einem Skin baute sich breitbeinig vor ihm auf. Bomberjacke, ein *Deutschland-den-Deutschen*-T-Shirt, die obligatorischen Springerstiefel.

»Verpiß dich, gelber Affe!« Er verzog das Gesicht zu einer Grimasse, die wohl eine Art von Grinsen darstellen sollte, und wiederholte seine Aufforderung. »Du dich ganz schnell verpissen hier!« Offenbar war ihm eingefallen, daß man mit Fidschis nicht in der Sprache Goethes reden konnte.

Hashimoto legte seelenruhig die Kamera auf den Verkaufstisch, streifte die Schultertasche ab, stellte sie auf den Boden, ohne den Fettsack aus den Augen zu lassen – und trat einen Schritt auf ihn zu. Ich hatte mich seitlich von dem Bewahrer der deutschen Kultur postiert und hielt mich sprungbereit. Der Mann mochte genau soviel Gewicht auf die Waage bringen wie Hashimoto und ich zusammen. Einen solchen Fleischberg mit einem Aikidohaltegriff zu stoppen, war schier unmöglich. Ein energischer Tritt seitlich gegen das Knie erschien mir da viel angebrachter. Aber dazu sollte es nicht kommen.

Hashimotos ausgezeichnetes Deutsch hatte mich bereits des öfteren in Erstaunen versetzt. Daß er auch die Vulgärsprache perfekt beherrschte, erfuhr ich jetzt. Er sagte mit eisiger Stimme: »Ich kick dir die Eier weg, wenn du nicht gleich ganz artig bist und machst, daß du Land gewinnst, Dickerchen!«

Der Skin war ebenso verblüfft wie ich. Ein Kanacke, der *ihn* anmachte. Hashimotos Augen verengten sich zu zwei Schlitzen, hinter denen etwas Grauenhaftes lauern mußte, denn der Fettsack wich tatsächlich einen Schritt zurück.

Hashimoto nahm lächelnd einen hölzernen Kochlöffel vom Verkaufstisch. Der Stiel hatte den Durchmesser von einem Zigarillo und war aus Hartholz. Er klemmte ihn sich zwischen Mittel-, Zeige- und Ringfinger und ballte ruckhaft die Hand zur Faust. Der Kochlöffel zerbrach.

»Hopp, hopp, hopp, Dickerchen – oder!« Er warf ihm die Löffelteile vor die Füße.

Der Verkäufer hatte die Szene mit offenem Munde beobachtet. Hashimoto sagte: »Was bin ich Ihnen schuldig«, nahm einen identischen Kochlöffel hoch, studierte den Preisaufkleber und legte, bevor der Mann antworten konnte, ein Zwei-Mark-Stück in die Geldschale.

Ein Polizei-Mercedes vom Typ »Bullenwanne« setzte den Blinker und fuhr langsam an den Straßenrand hinter den Ständen.

Der Verkäufer öffnete die Geldkassette. »Där Löwl gostet nur eene Marg.«

»Ich habe es gelesen«, sagte Hashimoto. »Die zweite ist für unseren Freund hier.« Er trat erneut auf den Fettsack zu. Die Stielspitze des Kochlöffels zeigte auf dessen Wanst, und für eine Sekunde dachte ich, Hashimoto würde ihm das Stielende in den Bauch rammen. Der Skin mußte das gleiche befürchtet haben, denn er wich einen weiteren Schritt zurück.

Hashimoto warf den Löffel neben den zerbrochenen. »Da, Dickerchen! Zum Üben!«

Der Mannschaftswagen hielt. Drei Beamte stiegen aus. Der Skin murmelte etwas von »alle Kanacken vergasen« – und trollte sich von dannen. Ich entspannte mich. Die Polizisten schlängelten sich zwischen den Tischen durch. Von dem Fettsack war weit und breit nichts mehr zu sehen. Ein junger Kommissar kam auf uns zu und salutierte andeutungsweise. »Hatten Sie Ärger?«

Hashimoto machte eine tiefe Verbeugung und sagte: »Wir haben uns bloß angeregt unterhalten, aber der übergewichtige junge Mann eben hat es vorgezogen, sich unserer, äh, Argumentation zu entziehen.«

Der Kommissar hob den intakten Kochlöffel auf und klemmte ihn sich zwischen die Finger. Er machte eine Faust und sagte: »Autsch! Um den kleinzukriegen, brauche ich wohl eine Axt.« Dann betrachtete er die kleine Plakette mit der japanischen Flagge und den goldenen Schriftzeichen. »Sie sind Karateka?«

Hashimoto verbeugte sich erneut, tiefer als zuvor.

»Sie können Japanisch lesen?« fragte ich den Beamten erstaunt.

»Ich habe nur die Schriftzeichen *Kara* und *Te* erkannt«, sagte er. »Ich selber mache Judo.« Stolz fügte er hinzu: »Seit gestern bin ich Zweiter Dan.« Er reichte Hashimoto den Löffel. »Darf ich fragen, welchen Grad Sie haben?«

Hashimoto legte den Löffel auf den Verkaufstisch zurück und

murmelte etwas davon, daß er bloß ein unbegabter, ungeschickter Anfänger sei. – Typisch japanische Bescheidenheit. Meine Aikidolehrer in Japan behaupteten das auch immer, wenn man sie fragte. Der Kommissar runzelte ungläubig die Augenbrauen.

»Herr Hashimoto untertreibt ein wenig«, erklärte ich. »Er ist Inhaber der sechsten Schwarzgurtstufe.«

Der Polizist sagte grinsend: »Dann hat der Dicke gerade sehr viel Glück gehabt, daß wir vorbeigekommen sind!«

Hashimoto grinste vielsagend zurück.

Der Kommissar wünschte uns einen angenehmen Aufenthalt in Potsdam und ging mit seinen Leuten zum Mannschaftswagen zurück.

Hashimoto verbeugte sich nun vor mir, allerdings nicht annähernd so tief wie vor dem Polizeioffizier. »Vielen Dank für Ihre Hilfe. Ich habe sehr wohl bemerkt, daß Sie eine gute Trittposition eingenommen hatten.«

»Nicht der Rede wert.«

Hashimoto und ich überquerten den Marx-Engels-Platz und betraten die Humboldt-Buchhandlung. Ich erwarb ein Buch über das Holländische Viertel. Autor des liebevoll recherchierten Bändchens war ein gewisser Herr Schmelz. Mir schien es ein passendes Mitbringsel aus den neuen Bundesländern für meinen Freund Klaus Esbeck in seinem abgelegenen Rhöndorf zu sein, der wie ich lange in Japan gelebt hatte. Seine Mutter war nämlich Holländerin, und ich hatte vor, ihn demnächst ein paar Tage zu besuchen.

Auch Hashimoto wurde fündig. Ein Bildband hatte es ihm angetan: »Uniformen der Reichswehr und Wehrmacht«.

»Das hätten wir!« Er nickte mit Befriedigung. »Dann wollen wir mal die Schlösser der Preußenkönige besichtigen.«

Es wurde eine japanische Besichtigung, eine durch den Sucher der Kamera. Hashimoto fotografierte pausenlos. »Honto ni tottemo omoshiroi! – Wirklich höchst interessant!« Er setzte die Kamera im Prinzip nur ab, wenn er den Film wechseln mußte. Die Schlössertour absolvierten wir in absoluter Rekordzeit.

Im Auto döste er augenblicklich ein und rührte sich erst wieder, als ich ihn in der Nähe von Oranienburg ansprach: »Herr Hashimoto? – Wir fahren gleich über den Oder-Havel-Kanal.«

»Ah, danke!« Er wühlte in seiner Schultertasche. »Ich habe heute früh nochmal die Karte studiert. Hinter Oranienburg gibt es mehrere Gewerbegebiete, die natürlich alle Straßenanschluß haben. Ein paar Kilometer weit führt eine Staße sogar direkt am Wasser entlang.«

Ich fuhr langsamer und warf einen Blick auf die Karte. Die Industriegrundstücke, zumindest waren sie auf der Karte noch als solche eingezeichnet, lagen parallel zum Kanal, die meisten hatten sogar eigene Hafenbecken. Ich nickte. »Da müßten wir eigentlich durchkommen.«

Eine Fehlprognose, wie sich bald herausstellen sollte. Alle Stichstraßen, die an den Kanal führten, waren Privatzufahrten und mündeten in Sackgassen, die für den öffentlichen Verkehr gesperrt waren. Ich fluchte, denn diese Sackgassen waren nirgendwo beschildert. Mehrmals mußte ich kilometerweit rückwärts fahren, weil man nicht wenden konnte.

Hashimoto ertrug das Herumgekurve mit bemerkenswerter Fassung. »Geben wir besser auf, Hofmann-san, sonst verpassen wir noch unseren Flieger. Was ich bis jetzt gesehen habe, reicht mir im Prinzip. Diese Weltgegend ist kaum für eine Sommerdépendance des Instituts geeignet.«

Das war sehr höflich ausgedrückt, fand ich. Auf einem Grundstück in Wassernähe lagerten haushohe Halden von Metallschrott, ein anderes diente offenbar als Sammellager für Bauschutt. Über eine Förderanlage wurden Kupfer- oder Messingabfälle in verschiedene Container gefüllt.

Ich schaute auf die Uhr. Hashimoto hatte recht, wir mußten uns tatsächlich beeilen. Unsere Irrfahrt hatte über eine Stunde gedauert.

»Ich schätze mal, Wandlitz können wir noch einen schnellen Besuch abstatten. Kloster Chorin und das Schiffshebewerk sind heute nicht mehr drin. Und die Seelower Höhen auch nicht mehr.«

»Ich werde den Piloten bitten, das Gebiet wenigstens zu überfliegen«, sagte Hashimoto.

Hinter Zerpenschleuse gerieten wir in eine Mausefalle, und unsere Zeitplanung wurde nun vollkommen über den Haufen geworfen. Die Polizei kontrollierte Autos der gehobenen Klassen, wie es so schön heißt, die aber alle gründlich. Golfs, Ladas und so weiter wurden durchgewunken. Für Wandlitz blieb uns also bloß noch eine knappe halbe Stunde, wenn wir den Rundflug nicht aufs Spiel setzen wollten. Wir erledigten unsere Besichtigungstour fast im Laufschritt, und Hashimoto wurde wieder zum Bilderbuchjapaner.

»Hier hat Mielke gewohnt.«

Er sagte »Ah, soo desu ka!«, was nichts anderes bedeutete als »Aha!«, und verschoß in null Komma nichts einen Film à sechsunddreißig Aufnahmen.

»Und das Gebäude dort war ein Gästehaus für Generäle der Nationalen Volksarmee.«

»Ah, soo desu ka!« Der Auslöser klickte ununterbrochen.

»Tottemo omoshiroi, Hofmann-san.«

»Sehr interessant« war eine der unzähligen japanischen Höflichkeitsfloskeln, die je nach Kontext alles mögliche bedeuten konnten, von »äußert bemerkenswert« bis »stinklangweilig«. Ich zumindest fand an der Prominentensiedlung der DDR-Führungsclique nichts, was auch nur ein einziges Foto gerechtfertigt hätte. Jeder alteingesessene Bäcker- oder Klempnermeister in Wuppertal oder Bielefeld konnte mit vergleichbarem Luxus aufwarten. Aber vielleicht wirkte gerade dieses spießige Datscha-Feierabend-Ambiente der greisen DDR-Nomenklatura exotisch auf einen Japaner.

»Tottemo omoshiroi!« bedeutete jetzt: »Genug, mir langt es.« Wir fuhren weiter. Hashimoto stellte seine Kameratasche auf den Rücksitz, vertiefte sich in einen Reiseführer und schwieg. Daß wir dennoch pünktlich um halb vier am Flugplatz in Strausberg waren, lag ausschließlich daran, daß ich mich nur in Ausnahmefällen an die zulässige Höchstgeschwindigkeit gehalten hatte.

Achtes Kapitel

Benno Gruber gähnte, lüftete die Baseballmütze und schlug sich mehrmals auf seinen kahlen Schädel. Waldameisen. Waldameisen im Unterhemd, Waldameisen im Hosenbein, Waldameisen überall. Und das nun schon seit Stunden. Aber der Platz war gut. Die Ginsterbüsche reichten bis ans Wasser und boten in der beginnenden Morgendämmerung noch ausreichend Sichtschutz. Gruber setzte das Fernglas an. Van Grootern im Angelkahn am gegenüberliegenden Kanalufer hatte offenbar ein vergleichbares Problem mit den fliegenden Vertretern der Spezies

Insekten. Er schlug von Zeit zu Zeit wild um sich, und das Boot schaukelte dann bedrohlich. ›Ist eh ein Wunder, wie diese Nußschale solch einen Elefanten tragen kann, ohne augenblicklich abzusaufen.‹ Als der dicke Holländer am Bootssteg in Zerpenschleuse den Außenbordmotor angeworfen hatte, hatte es ausgesehen, als ob das Heck unter der Wasseroberfläche liegen würde.

Es war vollkommen windstill. Gruber unterdrückte den Wunsch, sich eine Zigarette anzuzünden und suchte nach den Kaugummis. Irgendwo knackte ein Ast. Gruber hoffte inständig, daß es keine Wildschweine waren. Bevor er die Mulde hinter den Büschen gefunden hatte, war er an etlichen Stellen vorbeigekommen, wo sie gewühlt hatten.

Van Grootern stieß das Boot mit der Hand von der Kanalböschung ab und warf den Motor an. In der Kanalmitte stoppte er den Motor und öffnete eine Klappe im Heck. Gruber war plötzlich hellwach und korrigierte die Schärfeeinstellung. Van Grootern preßte einen länglichen Gegenstand ans Ohr, dazu bewegte er die Lippen. ›Dieses Nachtsichtglas war wirklich ein Schnäppchen‹, dachte er. Wronschieck, der es einem russischen Offizier abgehandelt hatte, hatte es ihm zu einem Spottpreis überlassen, vermutlich um wieder Spielschulden zu begleichen. Die Polen zockten überhaupt zuviel für seinen Geschmack, und sie soffen wie die Wahnsinnigen. Gruber sah das nicht gern. Wer soff, quatschte meistens auch.

Van Grootern richtete sich jetzt langsam auf, bis er breitbeinig und in voller Größe zu stehen kam. ›Donnerwetter‹, dachte Gruber, ›das hätte ich diesem Fettsack nie zugetraut.‹ Das Boot war bei der Aktion kaum ins Schwanken geraten, obwohl der Dicke fortwährend in den Walkie-Talkie gesprochen und dabei sogar noch ein Fernglas aus seiner Angelweste gezogen hatte.

›Die Brücke? Spricht er mit jemandem auf der Brücke?‹ Gruber richtete sein Glas auf die Brücke, wo sie immer mit diesem wortkargen Muskelprotz die Wagen tauschten. Harry hieß der Typ. Nicht, daß er sich ihnen je vorgestellt hatte, aber einmal mußte er wohl vergessen haben, sein Funksprechgerät auszuschalten, und Wronschieck hatte gehört, wie man ihn mit »Harry« gerufen hatte.

Nein, die Brücke war es nicht, die der Dicke im Visier hatte. ›Vielleicht beobachtet er den Hafen?‹ Gruber schwenkte das Glas, bis er die Boje fand, die die Einfahrt zum Verladebecken des Schrottlagers markierte. ›Sieh mal einer an!‹ Der Bug eines Binnenfrachtschiffs schob sich in den Kanal. Das Schiff hatte Container geladen und lag sehr tief im Wasser. ›Jetzt bin ich wirklich mal gespannt.‹ Nach Polen würden die Wagen noch in der selben Nacht geschafft, hatte der Fettsack immer behauptet. Der Muskelprotz hätte jemanden beim Bundesgrenzschutz in Frankfurt/Oder bestochen, und der polnische Zoll würde auch geschmiert werden. Gruber hatte kein Wort davon geglaubt. So einfach lief das Geschäft schon lange nicht mehr ab. An dem Abend, wo er fast geschnappt worden war, hatte er dann auch den ersten Beweis dafür bekommen, daß die Polen-Story oberfaul war. Der Muskelprotz hatte ihn auf dem Parkplatz in seinem verbeulten Daihatsu erwartet und ihm barsch befohlen, die Beleuchtung auszuschalten. Dann hatte er ihn direkt vom Parkplatz über einen Schotterweg auf ein Industriegelände gelotst. Sie hatten den Mercedes in einen langgestreckten Wellblechschuppen gefahren. Dort hatten zwölf weitere funkelnagelneue Daimler gestanden. Er hatte bloß den SL wiedererkannt, den er mit Marek in der Woche zuvor geknackt hatte. Daß van Grootern noch andere Gangs beschäftigte, hatte er eh vermutet – Von wegen gleich weiter nach Polen! Den Rest der Nacht hatte er mit dem Muskelprotz in einem stickigen Verschlag neben dem Schuppen verbracht und war am Tag darauf erst am späten Nachmittag von ihm nach Oranienburg gefahren worden.

Der Bug des Frachtschiffs lag jetzt genau in der Kanalmitte. ›*Marijett*, das klingt mir ja nicht gerade sehr polnisch.‹ Er schwenkte zu van Grootern hinüber. Der saß wieder und hielt sein Fernrohr mit beiden Händen auf den Frachter gerichtet. Das Walkie-Talkie war verschwunden. Gruber fokussierte die *Marijett*. Sie hielt Kurs auf die Brücke, fuhr also nach Westen.

»Marijett«, las Gruber und: *»Rotterdam«*.

Ein Mann trat aus dem Steuerhaus und lehnte sich auf die Reeling. Gruber pfiff leise durch die Zähne. Es war der Muskelprotz.

*

Wronschieck und Marek hatten es sich bereits im Fond des Trans Am gemütlich gemacht, als Gruber zu ihnen stieß und sein Klapprad in den Kofferraum hievte.

»Bester polnischer Wodka, Alter!« sagte Marek und hielt ihm die Flasche hin.

»Der mit dem Büffelgrashalm«, sagte Wronschieck. »Schmeckt besonders gut nach getaner Arbeit.«

»Wann sauft ihr Scheißpollacken eigentlich nicht!«

Marek und Wronschieck lachten los und antworteten fast synchron: »Wenn wir pennen, Alter, wenn wir pennen!«

Gruber stieß einen äußerst ausländerfeindlichen Fluch aus, den die Polen bloß mit weiterem Gelächter quittierten, und griff nach den Filmrollen auf dem Beifahrersitz. »Wenn ihr die Aufnahmen versaut habt, gibt's massig Stunk, das verspreche ich euch! – Zu wieviel waren sie?«

Marek wischte sich die Lippen mit dem Handrücken ab.

»Außer dem Tarzan und dem Käpitän noch drei.«

»Alles Nigger«, sagte Wronschieck verächtlich. »Untereinander haben sie geblökt, aber mit dem Kapitän haben sie Holländisch gesprochen, ich weiß das, weil ich mal zwei Nutten aus Amsterdam laufen hatte.«

»Ist der Muskelprotz wieder hinter der Brücke an Land gegangen?«

Wronschieck verschluckte sich an seinem Morgentrunk und hustete.

Marek nahm ihm die Flasche ab. »Bist echt zum Saufen zu blöd! – Ja. Tarzan ist wie immer in seine Reisschüssel geklettert und auf das Gelände zurück.«

Gruber verschloß die Filmrollen im Handschuhfach und fuhr los.

Neuntes Kapitel

Hashimoto begrüßte Wolfgang höflich, aber doch irgendwie sehr reserviert. Piloten in Japan trugen weiße Handschuhe zur Uniform und hatten korrekt sitzende Mützen auf. Wolfgang begnügte sich mit einem Rollkragenpullover und einer Baskenmütze, an der immerhin die Anstecknadel seines Flugklubs befestigt war. Er hatte die Haare zu einem Pferdeschwanz zusammengebunden, und in seinem rechten Ohrläppchen glänzte ein goldgefaßter Diamant. Die Jeans steckten in kniehohen Cowboy-Stiefeln. Hashimoto und er tauschten Visitenkarten aus. Mir gab er auch eine. *Mini-Trans Airline, Strausberg, Wolfgang Galgon m.a.*

Der Magistertitel schien Hashimoto zu irritieren. »Master of Arts?«

»Germanistik«, sagte Wolfgang. »Meine Eintragungen in die Flugbücher sind berüchtigt. – Die Dinger sind übrigens frisch aus der Druckerei. Hinten ist sogar ein Foto von mir drauf.« Wir drehten die Karten um. Wolfgang mit verspiegelter Sonnenbrille hinter dem Steuerknüppel sah aus wie ein zu allem entschlossener Luftpirat. Er klemmte sich eine Kartentasche unter den Arm und hakte mich unter. »Na, dann mal los, die Herren! Der Vogel ist startklar.«

Wir kletterten in eine viersitzige Cessna der Strausberger Mini-Trans Airline. Es gab keine Diskussion darüber, daß Hashimoto natürlich neben dem Piloten sitzen würde. Er reichte mir seine Umhängetasche nach hinten und schnallte sich an.

»Das tust du besser auch«, sagte Wolfgang. »Es schaukelt ganz schön, bis wir richtig oben sind.«

»Was heißt bei dir ›richtig oben‹?«

»Unsere optimale Flughöhe liegt bei circa 4000 Fuß.« Wolfgang verteilte Kopfhörer. »Es wird gleich ein bißchen laut werden, die Kabine ist nicht schallgedämpft.« Er startete den Motor. Der Lärm war im wahrsten Sinne des Wortes ohrenbetäubend.

»Ok, so?«

Hashimoto und ich nickten und sagten »ja«.

»Mit dem Knopf an der Sprechmuschel kann man die Lautstärke regulieren. Wenn wir in der Luft sind, wird's wieder etwas leiser.«

»Hoffentlich hört dann auch das Gerüttel auf!« sagte ich.

»Die Maschine vibriert jetzt bloß so stark, weil ich sie gebremst halte, bis der Motor seine Betriebstemperatur erreicht hat, dauert bei dieser Witterung nur ein, zwei Minuten.« Wolfgang rief den Tower und bekam Starterlaubnis. »Na dann, auf geht's!«

Die Cessna rollte vor eine weiße Linie auf der Startbahn, und er gab Vollgas. Ungefähr zweihundert Meter vor Ende der Piste hoben wir ab.

»So, das hätten wir.« Wolfgang brachte die Cessna in eine weite Linkskurve. Langsam steigend umkreisten wir den Flugplatz. »Ehrenrunde, ist hier bei uns so Usus.« Der Lärm wurde tatsächlich erträglicher, dennoch hätten wir uns ohne die Sprechanlage vermutlich alle nur brüllend verständigen können.

Hashimoto drehte sich zu mir um. »Könnten Sie mir bitte den gelben Schnellhefter aus meiner Tasche geben? Er steckt in der aufgesetzten Tasche, die mit dem Reißverschluß.«

Ich fand das Gewünschte und reichte es ihm nach vorne.

»Gokuroosama, Hofmann-san! – Danke für Ihre Anstrengung!« Im Japanischen ist *gokuroosama* eine Dankesformel, die nur derjenige benutzt, der eindeutig sozial auf einer höheren Stufe steht als der Angesprochene. Hashimoto war der Chef und machte das von Zeit zu Zeit auch sprachlich deutlich. Er klappte den Schnellhefter auf, zog eine Karte aus einer Klarsichthülle und faltete sie auseinander.

Wolfgang schaute interessiert zu, wie Hashimoto den Kompaß studierte und dann die Karte danach ausrichtete. »Sie verstehen etwas von Navigation, sind Sie auch Flieger?«

»Nein, ich war vor dem Studium bei der Marine.«

›Sieh mal einer an‹, dachte ich. ›Der Vize ist also quasi gelernter Militarist.‹

»Und was haben Sie da gemacht, wenn ich fragen darf?«

»Zerstörer«, sagte Hashimoto. »Ich diente auf einem Zerstörer.« Sein Rücken straffte sich, und er zog das Kinn an. »Ich war zwar bloß Logistikoffizier, aber Navigation hatten wir natürlich alle auf der Akademie.«

Und dann log Wolfgang, daß sich die Balken bogen. »Mit

Logistik hatte ich bei der Bundesluftwaffe auch zu tun. Ich habe eine Transall geflogen. Hilfsgüter nach Afrika und wer-weiß-nicht wohin.«

Bundesluftwaffe! Ich mußte mich bezwingen, nicht loszuprusten. Ausgerechnet Wolfgang, der extra nach Berlin gezogen war, um nicht zum Bund zu müssen! Aber mein Freund hatte sein Garn noch nicht zu Ende gesponnen.

»In Arizona habe ich sogar ein paar von Ihren Landsleuten unterrichtet.«

Hashimotos »Ah soo desu ka?« klang noch ein wenig zweifelnd, steigerte sich aber sogleich zu einem sehr ehrerbietigen »Go-honto desu ka? – Ist das die erhabene Wahrheit?«, als Wolfgang beiläufig erwähnte, daß alle Majore der dortigen Nato-Air-Base ausländische Flugschüler befreundeter Nationen ausbildeten. Vermutlich hatte Hashimoto bei der Marine einen niedrigeren Rang bekleidet, denn fortan sprach er mit meinem Freund mit ausgesuchter Höflichkeit – trotz Ohrring und Baskenmütze! Ich konstatierte mit Genugtuung, daß das Hauptmann-von-Köpenick-Syndrom auch auf Japaner übertragbar war.

Wolfgang drehte sich halb zu mir um und zwinkerte mir zu. »Wo soll's zuerst hin? Nach Seelow?«

Wenig später waren wir über den Seelower Höhen. Hashimoto hielt uns einen langen Vortrag. Wo welches Bataillon der Roten Armee gestanden hatte, wie die Wehrmacht wann versucht hatte, eine Gegenoffensive zu starten, wie letzlich die Stalinorgel massiv eingesetzt wurde, wer die fünf höchsten russischen Generäle waren. Auf sein detailliertes Wissen angesprochen, antwortete er mit sichtbarem Stolz: »Der Endkampf um Berlin war das Thema meiner Promotion.«

Wir schlugen einen nordöstlichen Kurs ein. In der Ferne

tauchte die imposante Stahlsilhouette vom Schiffshebewerk in Niederfinow auf.

»Erstaunlich, daß die Anlage im Krieg nicht zerstört worden ist«, sagte Hashimoto.

»Fast hätte es doch noch geklappt«, sagte Wolfgang, »denn was die alliierten Bomber nicht geschafft hatten, sollte beim Vorrücken der Russen ein Sprengkommando der Wehrmacht erledigen, nämlich das Schiffshebewerk in die Luft jagen. Es gehört nicht viel Phantasie dazu, sich auszumalen«, sein Finger zeichnete einen weiten Halbkreis in die Luft, »welche Katastrophe die freiwerdenden Wassermassen des Hohenzollernkanals, so hieß der Oder-Havel-Kanal früher, in dem flachen Land angerichtet hätten.« Er lächelte Hashimoto honigsüß an. »Aber zwei junge Pionieroffiziere haben gottlob Courage bewiesen.«

»Was meinen Sie damit?«

»Sie haben einfach den Befehl verweigert«, sagte Wolfgang.

»Ah soo desu ka?« Was Hashimoto über das Nichtausführen von Befehlen dachte, konnte man seinem Gesichtsausdruck entnehmen.

Dutzende von Frachtkähnen warteten darauf, geschleust zu werden.

»Hier muß der Großteil des Binnenschiffverkehrs nach Polen durchgehen«, sagte ich.

»Transport zu Wasser ist deutlich billiger als per LKW oder Bahn«, sagte Wolfgang, »besonders bei Ladungen wie Baumaterialien oder Schrott.«

»Vorhin sind wir an endlosen Schrottlagern vorbeigefahren«, sagte ich, »gleich hinter Oranienburg.«

»Vielleicht könnten wir dort einmal rüberfliegen«, schaltete sich Hashimoto ein und sah auf seine Landkarte. »Es würde mich schon interessieren, die Strecke, die wir vorhin gefahren sind, von oben zu sehen. Danach reicht ja wohl die Zeit noch allemal, um ein paar ausgiebige Runden über der Schorfheide zu drehen.«

Wolfgang hielt die Cessna ziemlich genau auf Westkurs, und nach ein paar Minuten waren wir über den Lagerplätzen.

»Die Russen sollen irgendwo hier am Kanal Hunderte von LKW und Schützenpanzern zum Abwracken abgestellt haben.« Wolfgang ging auf dreihundert Meter runter. In einigen von den Stichkanälen wurden Lastkähne beladen. »Trabbis und Wartburgs«, sagte Wolfgang. »Die gehen vermutlich nach Polen und von dort aus weiter in die Staaten der ehemaligen SU.«

»Sehr interessant«, sagte Hashimoto. »Können Sie noch tiefer?«

»Ein bißchen schon.« Wolfgang drückte den Steuerknüppel nach vorn, bis der Höhenmesser hundertfünfzig Meter anzeigte. »Mehr ist leider nicht erlaubt.«

Wir flogen über haushohe Schrotthalden zwischen langgestreckten Wellblechhallen und Containerstapeln.

»Sehen Sie, Herr Hashimoto? Da haben Sie ein herrliches Beispiel deutscher Gründlichkeit. Alles ist fein säuberlich geordnet. Da ein Berg alter Kühlschränke, dort ein Haufen verrotteter Straßenlaternen und ...« Wolfgang drosselte die Geschwindigkeit und flog eine enge Rechtskurve.

»Das könnte Stacheldraht sein«, sagte ich.

»Wo?« Hashimoto schaute in die falsche Richtung.

»Genau unter uns. Hinter den Wellblechbaracken.«

Jetzt sah Hashimoto die zu Türmen aufgestapelten Drahtrollen auch. »Das hätte ich gerne fotografiert. Stammt vermutlich vom Grenzstreifen.«

»... und wird vermutlich in die dritte Welt exportiert.«

Wolfgangs Sarkasmus entging Hashimoto völlig. Er machte eine Aufnahme nach der anderen.

Als wir bald darauf unsere Runden über der Schorfheide beendet hatten – natürlich wußte Hashimoto von Carinhall –, wurde der Rückflug wegen plötzlich aufkommender Windböen ein wenig unruhig, um nicht zu sagen abenteuerlich. Zumindest empfand ich es so, und auch Hashimoto wurde zusehends einsilbiger. Die Cessna taumelte auf den Flugplatz zu wie ein Schlauchboot bei Windstärke acht in der Nordsee. Nur unserem Pilot schien das alles überhaupt nichts auszumachen. Im Gegenteil. Wolfgang schien in seinem Element und erheiterte uns mit Fliegeranekdoten: Wie er einmal im Schneesturm mit Motorschaden auf einem Acker notlanden mußte, und nur das Fahrwerk leicht beschädigt wurde; wie Scherenwinde ihn ein anderes Mal von der Piste gedrückt hatten, und er sich mit zwei abgerissenen Tragflächen in einem Birkenwäldchen wiederfand und so weiter. Aber er fand auch ungemein tröstende Worte: »Womit ich natürlich nur sagen will, daß ich bis jetzt meine Vögel immer lebend und unverletzt runtergekriegt habe, wenn man von den paar Prellungen und blauen Flecken absieht, als ich in Spanien das Bugrad nicht ausfahren konnte, weil die Hydraulik defekt war.«

Trotz aller wortreich und eindrücklich geschilderten Komplikationen, die theoretisch bei kritischen Wind- und Wetterverhältnissen während des Landeanflugs auftreten konnten, brachte uns Wolfgang recht sanft auf den Erdboden zurück. Er rollte mit der Cessna bis dicht an meinen Saab heran und stellte den Motor ab. Hashimoto murmelte etwas von einem sehr informativen Flug und verbeugte sich zum Abschied tiefer vor ihm als bei der Begrüßung. »Major.« Wolfgang nickte huldvoll. »Meine Karte haben Sie ja, Herr Hashimoto. Ich stehe Ihnen jederzeit gerne wieder zur Verfügung. Es war mir ein Vergnügen.«

Er brachte uns noch zum Wagen. Hashimoto nahm auf dem Beifahrersitz Platz.

Ich ließ das Seitenfenster hinunter und reinigte den Außenspiegel. »Seh ich dich später im *Dralle's*?«

»Ich denke schon. Es kann aber spät werden. Hab um fünf noch eine Tour. Und danach muß ich hier noch allerlei Papierkram erledigen.«

»Also vermutlich erst so gegen zehn?«

»Ok. Um neun müßte ich hier eigentlich mit allem fertig sein, und abends geht es stadteinwärts mit dem Verkehr.«

Ich gab Gas. »Soll ich Sie nachher in Berlin wieder im Steigenberger absetzen, Sensei?«

Ich brachte Hashimoto zum Oranienplatz und ignorierte seine Bemerkung, daß ein Forscherteam der Tsukuba Universität herausgefunden habe, in den frühen Abendstunden seien die meisten Menschen durchaus zu einem weiteren, geistigen Leistungshoch fähig, allerdings müsse man es regelmäßig trainieren.

»... am besten täglich, Hofmann-san!«

Was japanische Wissenschaftler versuchten, um die abartige Überstundenkultur in ihrem Land zu rechtfertigen, war mir nur allzu bekannt, aber, ehrlich gesagt, völlig scheißegal. Gleich hinter Strausberg waren wir im Dauerstau nach Berlin zurückgeschlichen. Ich war hundemüde. Ein großes Bier im *Dralle's*, einen Parkplatz möglichst direkt vor meiner Haustür, das war alles, was ich im Augenblick begehrte.

Das Bier im *Dralle's* mußte noch warten. Am Oranienplatz angekommen, fuhr ich den Wagen nicht auf den Hof, sondern konnte vor dem Taut-Haus parken. Hashimoto bat mich in höflichstem Japanisch auf einen Tee zu sich ins Büro. Das kann man seinem Chef nicht abschlagen, es war als Auszeichnung gedacht.

Als ich zu meinem Wagen wollte, um mich endlich Richtung Heimat zu begeben, sammelte Bert Bößner leere Bierbüchsen und Zigarettenschachteln vor dem Haupteingang ein. »Ihre Ost-Expedition haben Sie ja offenbar gut überlebt. Na ja, ist vermutlich völlig egal, wo man in diesen Zeiten in Deutschland lebt. Wird von Tag zu Tag auch hier bei uns im Westen schlimmer und schlimmer. Drei Mülltüten habe ich schon zusammengekriegt. Morgen früh dann nochmal gleich vor dem Frühstück dasselbe. Mir reicht's langsam!«

Ich hielt ihm die Haustür auf.

»Danke.« Bößner stellte die Tüten in die Eingangshalle. »Muß noch meinen Besen von der Straße holen, sonst stehen womöglich zwei da, wenn ich wieder zurück bin. Mein altes Hollandfahrrad haben sie mir auch vom Hof geklaut, diesen Rostesel, war keine fünf Mark mehr wert und trotzdem!« Er kam mit dem Besen zurück. »Das mit Saruman und den anderen haben Sie ja vermutlich schon gehört.«

»Nein, was ist mit denen?«

Bößner legte den Besenstiel wie ein Gewehr an. »Päng, päng, päng. Alle erschossen, mausetot. Der Seher, der Huttürke und Strohstern auch. Heute morgen um drei, in der Nähe vom Urban-Krankenhaus. Ich sagte Ihnen doch. Hier geht alles langsam total den Bach runter in dieser Stadt.«

»Weiß man, warum sie erschossen wurden, von wem?«

Bößner begann die Eingangshalle zu fegen. »Warum?« Er schaute mich an, als hätte ich ihn gefragt, wo das Taut-Haus am Oranienplatz sei. »Fragen Sie mich das wirklich ernsthaft, Herr Hofmann?« Er fuhr kopfschüttelnd mit seiner Säuberungsaktion fort. »Dope natürlich! In Sarumans Wagen hat man eine größere Menge Shit gefunden. Sie müssen irgend jemandem ins Gehege gekommen sein, der nicht lange gefackelt hat. Wenn's hier in Kreuzberg Tote gibt, dann ist meistens Dope mit im Spiel.«

»Ich hab die drei gestern noch getroffen.«

»Ich auch. Sie saßen im Kattelbach und haben philosophiert, falls man das abgedrehte Gequatsche so bezeichnen darf, was der Seher immer von sich gibt.«

»Gegeben hat«, korrigierte ich. Ich hatte die Truppe von Saruman immer als harmlose Spinner abgetan. So kann man sich also täuschen.

Der Hausmeister lehnte den Besen gegen die Wand und bot mir eine Camel an.

»Nein, danke. Hab auf der Fahrt von Strausberg bis hierher fast eine ganze Schachtel aufgeraucht. Für heute ist Schluß mit dem Gequarze.«

»Bewundernswert, diese Disziplin, aber leider nicht mein Fall.«

Meiner war es wahrscheinlich auch nicht. Im Grunde genommen war der Rückfall vorprogrammiert. Das erste Bier im *Dralle's,* und ich würde garantiert wieder schwach werden. Ich ging zum Wagen.

*

Iris saß mit Dirk am Tresen und unterhielt sich mit zwei Freundinnen, die ich auf den Tod nicht ausstehen konnte. Dirk trank Sekt. Sein glasiger Blick verriet, daß er mindestens schon bei der zweiten Flasche war. Mich hatte sie auch immer zu ihren Freundinnen mitgeschleift. Es war stets eine Tortur gewesen. Mein Mitgefühl jedenfalls hatte er. Iris' Dressurakten konnte man sich nur durch konsequentes Alkoholisieren entziehen. Ganz betrunken war er allerdings noch nicht. Er erkannte mich sofort und begrüßte mich überschwenglich, froh, endlich jemanden gefunden zu haben, mit dem er reden konnte. Ich verstand ihn nur allzu gut. Eine halbe Stunde dem Gewäsch von Maria und Felicitas, so hießen die Schnepfen, die bisher alle von Iris' Männern überdauert hatten, zuhören zu müssen, und man war reif für die Klapsmühle oder für eine Reise nach Timbuktu, alleine, versteht sich.

»Na, Dirk, gemütlicher Feierabend zu viert?«

Er war bereits in dem Stadium, wo er seine Worte nicht mehr ständig auf die Goldwaage legten konnte.

»Urgemütlich. Die Ladies haben mir pausenlos von den wahnsinnigsten Boutiquen, den abartigsten Affären und den irresten Feten in Charlottenburg berichtet. – Zum Kotzen langweilig, diese Tanten.« Der letzte Satz war leise gelallt, trotzdem schien Iris zu wissen, was mir ihr Dirk da ins Ohr raunte. Wenn Blicke prügeln könnten, dann wäre er im hohen Bogen vom Barhocker geflogen.

»Wir gehen jetzt nebenan zu Wulf was essen.« Iris hatte beschlossen, daß sie Dirk meinem schädlichen Einfluß entziehen mußte. Mit *nebenan* war wohl das Restaurant *Puvogel* gemeint.

»Äh, ich komme gleich nach.« Dirk hob sein gefülltes Sektglas. »Wäre Sünde, den einfach so runterzukippen, und auch ungesund.«

»Wie du meinst, Dirk, wie du meinst!« Sie rauschte mit ihren Busenfreundinnen ab.

»Uff!« sagte Dirk. »Gerettet!« Er klang auf einmal gar nicht mehr so betrunken. »Irgendwann schieß ich diese Weiber auf den Mond!«

›Und hoffentlich Iris gleich hinterher‹, dachte ich. ›Armer Dirk! Die Szene heute abend, die Iris dir machen wird, ist vom Feinsten.‹ Ich griente ihn an.

»Ich weiß, was du jetzt gerade denkst, Andi! Und recht hast du auch. Manchmal krieg ich den Kanal zum Überlaufen voll. Ich hab den ganzen Tag wie ein Blöder in der Kanzlei gerackert, und dann labern mich diese bescheuerten Tussis mit nichts als Schwachsinn voll.« Er winkte Klaus herbei. »Bring uns mal noch ein Fläschchen von diesem Gurgelwasser.«

»Das gibt aber dann reichlich Ärger mit der Regierung, mein Lieber.«

»Scheißegal! Wollte dich eh anrufen und um Rat fragen – nein, nicht wegen deiner Ex.«

›Mutig, mutig ist er doch, der gute Dirk, wenn er einen im Tee hat und Iris nicht in der Nähe weilt‹, dachte ich und schaute ihn erwartungsvoll an. »Ja bitte, Euer Ehren, ich höre?«

»Also. Bei mir war gestern ein Japaner in der Kanzlei. Der Bursche sprach ein ausgezeichnetes Deutsch. Unauffälliger Zweitausend-Mark-Anzug, Hermes-Krawatte zu dreihundert Mark – ich hatte mir zufällig die gleiche zugelegt – teure Omega, so eine, die nach nichts aussieht, aber aus Platin ist; wie gesagt, alles ganz furchtbar schlicht und dezent. Dieser Herr aus dem Land des Lächelns will für ein Unternehmen aus Yokohama eine Filiale in Berlin-Mitte eröffnen. Es handelt sich um ein ziemlich großes Projekt, Import-Export, Chemieprodukte. Ich soll mit der Treuhand wegen einer geeigneten Immobilie verhandeln.«

»Und welchen Part hast du mir dabei zugedacht?«

Klaus entkorkte den *Mumm* und schenkte uns nach. Wir stießen an. Dirk trank erst sein Glas halb aus, dann redete er weiter.

»Tjaa ... Der Herr aus Nippon hat mir den Auftrag gegeben, alle behördlichen Formalitäten zu übernehmen und mir einen Berg von Akten dagelassen. »'ne Menge Sachen sind auf Japanisch.«

»Ich kann ja gelegentlich einen Blick drauf werfen, wenn dir das was hilft.«

Dirks Rausch schien sich mehr und mehr zu verflüchtigen. Er lallte überhaupt nicht mehr. »Würde es vielleicht bei dir am Wochenende gehen? So irgendwann gegen Mittag? Oder arbeitest du auch samstagsonntags?«

Ich stellte meinen Sekt ab. »Hör auf zu lästern, und mal mir den Teufel nicht an die Wand. Sonntag habe ich schon Zeit. Allerdings will ich nachmittags noch mit dem Zug nach Fulda fahren, einen alten Freund besuchen. Doch warum so eilig, mein Lieber. Kommt dir die Angelegenheit irgendwie nicht ganz koscher vor?«

Dirk hob beschwichtigend die Hände. »Keineswegs, keineswegs. Allerdings möchte ich mich schon ein wenig vergewissern, ob ...«

»Spuck's ruhig aus.«

»Ach, es ist bloß wegen eines Rundschreibens der Industrie- und Handelskammer neulich, daß ich vielleicht bei asiatischen Investoren ein bißchen sensibler als sonst reagiere. Letzten Monat ist die Filiale einer Hongkonger Privatbank in Hamburg hochgegangen. War eine Geldwaschanlage von irgendeiner taiwanesischen Triade.«

»Du kannst, glaube ich, beruhigt sein, wenn es sich um Japaner handelt. Die Yakuza haben zwar Hawaii und Teile von der Westküste der Staaten fest in ihrer Hand, aber davon, daß sie auch schon in Europa mitmischen, habe ich noch nie etwas gehört. – Egal, ich bin Sonntag mittag bei dir und schau mir die Wische mal an.«

Werner Dralle und Johannes, der Zahnarzt, stellten sich neben uns an den Tresen. Ein Gast neben mir erbot sich, einen Hocker weiterzurutschen, aber Werner und Johannes winkten ab.

»Sackt besser im Stehen.«

Der Mann lachte und vertiefte sich in ein Taschenbuch.

»Was macht ihr denn alle übermorgen, Jungs?« Johannes schüttelte den Kopf, als Dirk ihm vom Sekt anbot und bestellte bei Klaus einen Espresso. »Ich gebe da eine Einweihungsfete. Ihr seid alle dazu eingeladen, mit euren Ladies aufzukreuzen.«

»Seine neue Praxis«, sagte Werner. »Modell *Übermorgen*. Es gibt Laserbohrer, deren Bohren man angeblich überhaupt nicht mehr spürt, und Helferinnen, die in Psychodrama und Rebirthing geschult sind. Und ein Ambiente wie in einem Nobelhotel. Flußkieselgesäumte Zierfischteiche zwischen italienischen Perdule-Sesseln im Warteraum sollen die Patienten von schmerzenden Backenzähnen – und der anfallenden Arztrechnung ablenken.«

Johannes schüttelte protestierend den Kopf bei Werners letzter Bemerkung, schließlich waren wir alle seine Patienten. »Wenn ihr wüßtet, was mich der ganze Laden gekostet hat, würdet ihr aus purer Solidarität zu mir auf Platinkronen bestehen.«

In Anbetracht der Tatsache, daß er sich jedes Jahr einen neuen Porsche leistete, und, wie auch Werner, dem nicht gerade billigen Hobby des Sammelns von altem Spielzeug frönte, konnte ich meine Mitleidstränen gerade noch so unterdrücken. »Wir werden für dich ein Solidaritätskonto einrichten, Johannes.« Ich stand auf, denn ich sah Wolfgang zur Tür hereinkommen. Dabei stieß ich mit dem Ellenbogen das Bierglas meines Tresennachbarn rechts um. Das Glas fiel in das Spülbecken, und ein Wasserspritzer landete auf der Glatze meines Nachbarn. »Oh, Pardon!« sagte ich. »Ich bestelle Ihnen natürlich ein Neues.«

»Nett von Ihnen«, sagte der Mann, »aber nicht nötig. Es war leer.« Er wischte sich den Wasserspritzer mit dem Handrücken ab. »Und der Tropfen tat auch nicht weh. Vielleicht sollte ich meinen Schädel öfter mal begießen, könnte ja doch sein, daß wieder was nachwächst.«

Damit war die Sache erledigt, und der Mann vertiefte sich wieder in seine Lektüre.

Wolfgang rümpfte mißbilligend die Nase, als er unsere Runde sah. »Unsereins schubbert sich zu Tode, während die Herren Kapitalisten Sekt gluckern. Ungerechte Welt! – Tag, Dirk. Hat Madame dir heute ausnahmsweise alleine Ausgang gewährt?«

Wolfgang zog Dirk wegen Iris auf, wo er konnte. Auch er hatte wie ich die Ketten ihrer Tyrannei erfolgreich abgestreift. Aber Dirk war für die Freiheit anscheinend doch noch nicht ganz reif. Er schaute plötzlich hektisch auf seine Rolex, murmelte etwas davon, daß er urplötzlich Hunger verspüre, und erhob sich wankend. »Kommt jemand von euch mit in den *Puvogel*?«

»Iris ist mit mit ihren Busenfreundinnen vorgegangen«, sagte ich.

»Gott behüte«, sagte Wolfgang, den man sonst nie dazu überreden mußte, im *Puvogel* zu essen. »Die Schnepfen überlebe ich keine Sekunde.«

»Tja, dann werd ich mich auch mal aufmachen«, sagte Werner zu Dirk. »Hab noch einen Termin mit einem alten Nazi, der eine ganze Kiste Militärspielzeug gehortet hat.«

»Und ich muß so langsam Richtung Heimat«, sagte Johannes. »Und nicht vergessen: Sonnabend abend Fete im Paul-Lincke-Ufer 48, so gegen neun geht's los. Wenn ihr später kommt, kann es sein, daß alles aufgefuttert worden ist. Ich erwarte an die zweihundert Leute.«

Großer Aufbruch. Der Mann neben mir bat Klaus um einen Kugelschreiber, schrieb etwas in sein Buch und zahlte ebenfalls.

»Nichts für ungut«, sagte ich. »Wegen vorhin.«

»War wirklich nicht der Rede wert.« Das Buch, das er sich in die Gesäßtasche seiner Jeans steckte, kannte ich: *Pasdan*, ein Science-Fiction-Roman von Gisbert Haefs.

Wolfgang setzte sich auf den freigewordenen Hocker des Science-Fiction-Fans. »Gehst du übermorgen hin?«

»Unbedingt. Bei der letzten Party hat Johannes einen ausgezeichneten Sushi-Koch engagiert.«

»Hmm, das wäre allerdings schon ein gewichtiges Argument.« Er bestellte sich einen Cognac.

»Soll das bedeuten, daß du morgen nicht fliegst?«

»Kluges Köpfchen. – Ja, ich habe drei Tage richtig frei. Den ganzen gesammelten Schreibkram habe ich vorhin noch erledigen können. Lästiger Bürokratiescheiß.« Wolfgang ließ den Cognacschwenker sanft zwischen Daumen und Zeigefinger rotieren. »Übrigens ist mir dabei aufgefallen, daß ein Kollege am letzten Montag fast die gleiche Route abgeflogen ist wie wir heute nachmittag. Oder-Havel-Kanal und so weiter. Stell dir vor, so'n Zufall! Der Kunde hat sich die Rechnung für den Flug an den Oranienplatz schicken lassen. Oranienplatz 4. Da ist doch auch euer Laden, oder?«

»Von mir aus.«

Ich gähnte. Wenn man sich dem Ende des vierten Lebensjahrzehnts nähert, steckt man eine kurze Nacht nach intensivem Bechern und einen langen Arbeitstag nicht mehr so souverän weg wie ein Zwanzigjähriger. Außerdem hatte ich den Sekt zu hastig getrunken. Er begann mir in den Kopf zu steigen. Es wurde Zeit, mich langsam Richtung Goethestraße und Katzenkater zu begeben. Ich legte einen Zwanzig-Mark-Schein auf die Theke und winkte Klaus herbei. »Langt das?«

Klaus gab mir einen Zehner zurück. »Dicke! Dirk hat alles bis auf den letzten *Mumm* von dir bezahlt.«

»Er lebe hoch, unser Nachfolger«, sagte Wolfgang. »Ich gebe

ihm noch einen Monat, und wir können ihn im Club der Iris-Geschädigten aufnehmen.«

Es hatte zu regnen begonnen. Ich klappte meinen Blazerkragen hoch und stopfte den Zehner in die Ziertuchtasche. »War übrigens beeindruckend, wie du die Cessna so sanft runtergebracht hast.« Ich klopfte ihm anerkennend auf die Schulter. »Und deine Bundesluftwaffen-Nummer auch. Hashimoto hat von dir nur noch als von dem Herrn Major gesprochen.«

»Du könntest ihm vielleicht in einer stillen Stunde beichten, daß du Generalstabsoffizier warst. Sollst mal sehen, wie du in seiner Achtung steigst.«

»Leider zu spät. Er hat meinen detaillierten Lebenslauf in den Akten.«

»Dann merk's dir für deinen nächsten Job. Zieht fast immer.«

»Jawoll, Herr Major! Bitte untertänigst jetzt wegtreten zu dürfen.«

»Genehmigt! Aber erst, zack, zack, ein Lied!«

»Jawoll, Herr Major. Aber ich kann nur eins.«

»Egal, Hofmann! Singen!«

Ich summte die ersten Takte von der Internationalen und ging. Bis zu meiner Wohnung waren es nur ein paar Minuten, trotzdem war ich völlig durchnäßt, als ich die Wohnungstür aufschloß. Katzenkater nahm meine triefende Erscheinung mit Mißbilligung zur Kenntnis und begnügte sich mit einer Begrüßung aus sicherer Distanz. »Mautz!«

»Geduld, Dicker!« Ich hängte die nassen Sachen auf und zog meinen Bademantel an.

»*Mautz!*« Katzenkater wurde energischer, seine Brekkies waren fast alle. »*Mautz, Mautz, Mautz!!!*«

»Ok, ok! Erst die hilflose Kreatur.«

Die arme, hilflose Kreatur rammte mir recht forsch einen

Katerkopf in die Kniekehlen und hörte erst damit auf, als der Freßnapf randvoll war.

»Langt's, der Herr?« Keine Antwort. Ich hatte meine Schuldigkeit getan und war für die nächste Zeit abgeschrieben. Im Kühlschrank war noch ein Bier. Zusammen mit einer Käseecke und zwei angetrockneten Toastscheiben vom Frühstück ergab das einen äußerst frugalen Mitternachtsimbiß.

Im Traum flog Katzenkater mit mir Schrauben und Loopings in einem Fieseler Storch über den Seelower Höhen. Ich hätte das Bier doch nicht mehr trinken sollen.

Zehntes Kapitel

Auf der Rauchglasplatte des imposanten Designerschreibtischs lag eine aufgeschlagene Hochglanzbroschüre vom Japanbüro der Treuhandanstalt.

Direktor Fujita, Yasunari Fujita-shacho, Herrscher im Verwaltungstrakt der Import-Export-Gesellschaft *Kokubo* am Yokohama Containerhafen, war in angenehme Tagträume versunken, als ihn der Anruf seiner Vorzimmerdame erreichte.

»Shacho-san, Herr Kurihama ist soeben eingetroffen.«

»Sehr gut! Fragen Sie ihn, ob er schon gefrühstückt hat, und falls nicht, was er essen möchte.«

Direktor Fujitas Vorzimmerdame verbeugte sich vor dem Telefon und legte auf. »Shacho-san erwartet Sie und läßt Sie nach Ihren Frühstückswünschen fragen.«

Hiroo Kurihama schüttelte den Kopf, dann überlegte er es sich doch anders. »Können Sie einen Magentee auftreiben?«

»Aber sicher, Herr Kurihama!«

Magentee hatte Fräulein Ikeda immer vorrätig. Magentee war eine etwas irreführende Bezeichnung für den bitterscharfen Ginseng-Ingwer-Sud, den Direktor Fujita kiloweise von einem koreanischen Apotheker bezog. Die korrekte Bezeichnung für das Gebräu hätte Ausnüchterungstee heißen müssen.

Kurihama betrat das Direktionszimmer, streifte seine Lackslipper ab und hockte sich im Schneidersitz in einen der Ledersessel neben Fujitas Schreibtisch. »Bin völlig hinüber.«

Fujita schlug die Beine übereinander und grunzte verächtlich. »Baust langsam ab, Kurihama. Wenn du früher mit den Distriktleitern saufen warst, hast du am nächsten Morgen bleich ausgesehen – nicht hellgrün.«

»Schweig bloß. Bei der kommenden Hauptversammlung hast du wieder den Vorsitz. Mal sehen, wie du danach aus der Wäsche schaust.«

»Abwarten, mein Lieber! – Wer war alles da?«

»Die übliche Runde. Bis auf Tokoyama. Er liegt noch immer im Krankenhaus. Wird wohl ein paar Wochen dauern, bis er wieder richtig fit ist. Eine Kugel hat die Wirbelsäule verletzt.«

»Weiß man, wer es gewesen ist?«

»Einer von Yamamotos heroischen Leibwächtern. Ein unverbesserlicher Romantiker, der seinen verblichenen Boß rächen wollte. Hatte zu viele Samurai-Schnulzen gelesen, der Mann.

»Hatte?«

Kurihama fuhr mit der Handkante durch die Luft. »Der kleine Sagawa hat ihn stilvoll ins Nirwana befördert.«

»Wohl eher schwungvoll.« Über Fujitas Gesicht huschte ein Lächeln. »Er ist gut, der kleine Sagawa. Er hat auch jahrelang für die Kyoto Karate Federation Medaillen gehamstert, im Leichtgewicht.«

»Der Rest von Yamamotos Organisation macht uns jedenfalls keinen Ärger mehr. Alle Unterführer der Yamamoto-gumi haben sich unterworfen und uns den Treueeid geschworen.«

Der »Magentee« wurde gebracht. Kurihama trank laut schlürfend das Wiederbelebungsgetränk und trat zu Fujita an den Schreibtisch. »Wie läuft es in Berlin?« Er griff nach der Treuhandbroschüre.

Fujita schloß die Augen. Von den Resten der Yamamoto-Truppe war in Deutschland also nichts mehr zu befürchten. Das war eine gute Nachricht. Eine sehr gute sogar.

Kurihama schnalzte mit der Zunge. »He, Fujita, ich hab dich was gefragt!«

Fujita öffnete die Augen und lächelte. »Ich habe kurz meditiert.«

Was Kurihama von der Methode intuitiven Begreifens hielt, war seinem Gesicht abzulesen. »Ich hoffe inständig, du kannst das Ergebnis deiner Versenkung auch in allgemein verständliche Worte kleiden.«

»Da sei mal unbesorgt. Ich sehe jetzt unser weiteres Vorgehen in Berlin glasklar. – Allerdings bedeutet das leider, daß wir bald aus dem Autogeschäft aussteigen müssen. Es wirbelt einfach zu viel Staub auf. Willems Beschaffer sind einfach zu schießwütig. Er soll die letzten zwei Ladungen so zeitig wie möglich auf den Weg schicken und dann zusehen, wie er die Polen elegant los wird.«

Kurihama schnitt eine Grimasse. »Und wie halten wir bei ihm den Daumen drauf? Er ist doch in mehr eingeweiht, als uns gut tut.«

Fujita schlug mit der Faust auf die Glasplatte. »Jetzt reicht's, Kurihama! Ich weiß, du kannst den Dicken nicht ab, aber ohne ihn läuft überhaupt nichts. Hashimoto-kun braucht jemanden, der sich in der Szene auskennt. Krieg das mal endlich in dein unterproportioniertes Spatzenhirn. Oder fahr von mir aus selber nach Berlin und schmeiß den Laden. – ›*Herro, ai em Kurihama, bai-bai, mista. Ichu liibä dichu!*‹«

»Dein verdammtes Englisch ist auch nicht viel besser!« schrie Kurihama. »Und Deutsch kannst du kein Wort.«

»Aber ich weiß es, im Unterschied zu dir. Und jetzt reg dich ab.« Fujita nahm Kurihama die Broschüre aus der Hand. »Hier. Auf Seite zwölf! Und hier Seite vierzehn! Wie stellst du dir denn vor, wie wir an diese Objekte kommen sollen? Indem wir ein paar Säcke Schwarzgeld auf den Tisch packen? Oder in der Treuhandanstalt einen Zentner Kokain vorbeibringen und gegen die Immobilien eintauschen?«

»Schon gut, schon gut!« Kurihama hockte sich wieder auf den Ledersessel.

»In zwei Wochen hofft Hashimoto-kun einen gültigen Kaufvertrag mit der Treuhand abschließen zu können. Er hat so einen Berliner Staranwalt für Wirtschaftsrecht engagiert, der das für ihn regelt.«

Elftes Kapitel

In dem Augenblick, wo Willem van Grootern aus seinem schwarzblauen Mercedes stieg, eilte ihm auch schon ein Kellner des Ristorante *Alla Fontana* mit einem Schirm entgegen. »Willkommen, dottore! Scheußliches Wetter, nicht wahr?« Ein anderer Kellner hielt ihnen die Tür auf und half van Grootern aus dem Regenmantel. Der Patron kam, schüttelte ihm die Hand, sagte ein paar Nettigkeiten und geleitete ihn höchstpersönlich zu seinem Lieblingstisch am Fenster. Im Nu wurde ein trockner Champagner mit einem Wölkchen Cassis-Siroup serviert.

»A la vostra!« sagte Maestro Pantallone.

»Et a la vostra hospitalitá!« In van Grooterns Pranke wirkte der Champagnerkelch unproportioniert klein. »Ich erwarte noch einen Gast.«

Ein Blick von Maestro Pantallone, und der Kellner, der den Aperitif gebracht hatte, entfernte die überflüssigen Gedecke vom Tisch. Die Karte wurde aufgeschlagen präsentiert. Van Grootern wählte bedächtig. Mit dem Essen auf Gruber zu warten, hatte wenig Sinn. Er brauchte auch außerhalb der Stoßzeiten für die Strecke City-Frohnau mindestens eine halbe Stunde.

Van Grootern schaute auf die Regenböen, die über den Ludolfinger Platz peitschten und war froh, daß er am Wochenende nicht in das vermüllte Kreuzberg fahren mußte, wo der Regen die Straßen und Plätze in eine Art von Klongs verwandeln würde. Kreuzberg deprimierte ihn immens. Er verscheuchte die sich aufdrängenden Bilder von seinem Haus an der Amsterdamer Keizersgracht, von gepflegten Vorgärten und possierlichen Enten auf den Kanälen. Ein Trost, wenn auch ein schwacher, war, daß die Operation Berlin Oranienplatz nicht ewig währen würde.

Als der Fleischgang serviert wurde, Rinderfilet mit gebratenen Polentastreifen, schob sich Grubers Trans Am neben den Mercedes des Holländers. Die Kellner am Eingang tuschelten, einer hastete mit dem Schirm los.

›Paßt zu ihm, dieser Nuttendampfer‹, dachte van Grootern.

Gruber trug trotz strömenden Regens eine verspiegelte Sonnenbrille und weiße Jeans, am Handgelenk funkelte die unvermeidliche Rolex. ›Wenn er weiter so dick aufträgt, wird's mit ihm enden wie mit all diesen Möchtegern-Al-Capones. Aber noch brauchen wir ihn. Ihn und seine Pollacken-Hiwis.‹

»Guten abend, Benno.«

Gruber knurrte etwas Unverständliches und nahm gegenüber von van Grootern Platz.

»Schon was gegessen?«

»Ein Döner.« Gruber begutachtete mit skeptischer Miene die Polentastreifen. »Haben die auch Pizza?«

»Gibt's auch. Alle Sorten.«

Gruber bestellte eine Pizza Hawaii und ein Bier. »Konnte den Laden hier kaum finden. Ist ja kurz vor Hamburg.« Er schnaubte verächtlich. »Frohnau!« Für Gruber gab es nur ein wirkliches Zentrum in Berlin: die Puffs und Spielkasinos rund um den Savignyplatz.

Van Grootern schwor sich, die nächste Besprechung in einem McDonald's abzuhalten. Mit chirurgischer Präzision schnitt er ein Viereck aus seinem Filet, addierte ein ovales Scheibchen Polenta und beträufelte den Happen mit einer Messerspitze Pfeffersauce. »Und?«

Gruber besaß die Fähigkeit Napoleons, nämlich drei Dinge zur gleichen Zeit mit gleicher Konzentration zu verrichten: Er zerkaute geräuschvoll ein handtellergroßes Stück Pizza, entledigte sich seiner Lederjacke und sprach. »Ein 600er, gelb. Sondermodell, steht meistens in der Garage, aber übermorgen geht der Typ auf eine Fete, da muß Wronschieck ihm den Schlüssel abnehmen.«

»Und sonst noch was an S-Klasse?«

»Marek kann zwei 420er besorgen, beide ohne Schiebedach.«

»Bis wann?«

Gruber machte mit Daumen und Zeigefinger das Zeichen des Geldzählens. »Geht sofort, aber sie wollen Vorkasse.«

Das Dessert wurde gebracht. Van Grootern schob die Cassata Siciliana in die Tischmitte. »Wir können es uns gerne teilen.«

Gruber schüttelte den Kopf. »Lieber noch was Flüssiges.« Er bestellte ein weiteres Bier.

Der Holländer zog den Dessertteller achselzuckend zu sich hin. »Vorkasse ist gestorben. Das Daimler-Cabrio, das du gegen den Tieflader geschrammt hast, mußte völlig neu lackiert werden. Die Zentralverriegelung war auch hinüber, ganz zu schweigen von der zerschossenen Stoßstange. War sauteuer, alles wieder in vierundzwanzig Stunden herrichten zu lassen.«

Gruber trank schweigend sein Bier. ›Mal sehen, ob er mir immer noch weismachen will, die Autos gehen nach Polen.‹ Er überlegte einen Moment, dann lehnte er sich zurück und lachte trocken. »Raff ich irgendwie nicht ganz. Der Wagen sollte doch nach Warschau. Dort hätten dich die Reparaturen 'nen Appel und 'n Ei gekostet.«

Van Grootern verzog schmerzlich das Gesicht. »Tatsächlich? – Mein Abnehmer hätte natürlich mit großer Freude die drei, vier Wochen gewartet, bis irgendeine rumpelige Dorfschmiede in Posen das auf die Reihe gekriegt hätte.« Er widmete sich wieder seiner Cassata. »Nein, mein Lieber. Vorkasse läuft nicht mehr.«

›Du schmieriger Fettsack!‹, dachte Gruber. ›Bindet mir doch tätsächlich immer noch den Bären mit Polen auf. – Für wie bescheuert hälst du mich eigentlich!‹ Er stellte das Bierglas ab und lehnte sich vor. »Nicht ganz fair von dir. Wir erledigen dir die Drecksarbeit, und du kassierst ohne Risiko ab.«

Van Grootern kniff die Augen zusammen und fixierte sein Gegenüber. »Kein Risiko? Ich habe wohl nicht richtig gehört. *Ihr* seid das allergrößte Risiko, das mir in den letzten Jahren untergekommen ist. Bloß weil deine Pollacken-Hiwis bei jeder

Gelegenheit wie die Geisteskranken abdrücken, haben wir seit Wochen eine eigene SoKo auf der Pelle.«

Gruber hob protestierend die Handflächen. »Es war jedesmal unumgänglich, sonst hätten sie uns eingemacht.«

»Unsinn! Wenn Marek und Wronschieck nicht ständig einen im Tee haben würden, wäre das Rumgeballer sehr wohl vermeidbar gewesen.«

›Du fettes Schwein‹, dachte Gruber. ›Wart's nur ab!‹

Sie unterbrachen ihre Unterhaltung, denn der Patron trat zu ihnen und erkundigte sich, ob alles zufriedenstellend gewesen sei.

Van Grootern führte Zeige-, Ringfinger und Daumen an die Lippen und produzierte einen schmatzenden Luftkuß. »Grandissimo, maestro! Grandissimo!«

Signore Pantallone strahlte über das ganze Gesicht und machte einen Diener. »Sehr schön! – Darf ich den Herren noch auf Rechnung des Hauses etwas ausgeben?«

Bier für Gruber, einen Espresso und Grappa für van Grootern. Der Holländer schüttete den Tresterschnaps in die Tasse und rührte minutenlang mit dem Löffel darin herum, bevor er wieder sprach. »Na gut, Benno. Ausnahmsweise nochmal Knete vorab. Aber ich will alle drei Kisten spätestens am Sonntagvormittag haben, sie müssen noch am selben Abend in Stettin sein. – Und ohne den winzigsten Kratzer!«

›Stettin! Du Schweinebacke! Wer's glaubt, wird selig!‹, dachte Gruber, ›aber immerhin scheint ja zu stimmen, was Marek vermutet hat. Montag geht wieder ein Kahn nach Rotterdam.‹ Er kippte den letzten Schluck von seinem Bier und erhob sich. »Wann?«

Als Antwort griff van Grootern in seine Anzugbrusttasche und gab ihm ein Briefcouvert.

»Wieviel?«

»Zehn Riesen«, sagte van Grootern. »Vier für den 600er und sechs für die anderen.«

Gruber griff nach seiner Lederjacke. »Wo?«

»Auf dem großen Parkplatz vom Schiffshebewerk. Da sind sonntags immer Himmel und Menschen. Mein Mann wartet am Würstchenstand auf euch. Er gibt euch den Rest der Knete, nachdem er sich die Wagen angesehen hat. Du kommst Punkt elf als erster mit dem 600er, zehn Minuten später Marek, dann Wronschieck.«

»Elf Uhr. Geht klar! – Du bleibst noch?«

Van Grootern nickte. Gruber verließ das Restaurant. Als er den Trans Am startete, klang es, als würde ein Flugzeugmotor angeworfen. Van Grootern winkte einen der Kellner heran und bezahlte.

*

Der Fahrer des unscheinbaren Toyotas hielt hinter van Grooterns Mercedes neben einer altmodischen Gaslaterne und stieg aus.

Der Holländer hatte sich an den Laternenpfahl gelehnt. »Und?«

»Ganz sicher bin ich mir nicht, aber ich denke, heute war es Wronschieck.«

Van Grootern nickte. »Marek fährt hektischer und vergißt beim Abbiegen immer zu blinken.«

»Als er gemerkt hat, daß du nach Hause fährst, hat er an der Telefonzelle in der Heinsestraße angehalten und ein kurzes Gespräch geführt. Danach ist er dir nicht mehr hinterher, sondern Richtung Tegel weiter.«

Van Grootern betrachtete seine polierten und wohlgepflegten Fingernägel im Schein der Straßenlaterne. »Wenn ich bloß wüßte, was sie vorhaben! Was meinst du, Harry, wollen sie sich vielleicht bei den Russen lieb Kind machen und bereiten sich darauf vor, die Seite zu wechseln?«

»Denkbar ist alles. Jedenfalls sind wir gewarnt.«

ZWÖLFTES KAPITEL

Da Freitag war, schlängelte sich die alltägliche Feierabendblechlawine früher über den Alexanderplatz durch die zahlreichen Baustellen.

»Herr Müller?«

»Moment, eine Sekunde!« Horst Müller zeichnete die Einsatzpläne für die kommende Woche ab, klappte die Unterschriftenmappe zu und schloß das Fenster. »So! Man versteht ja kaum sein eigenes Wort. – Wo brennt's denn, Frau Franke?«

»Es sind schon wieder zwei Faxe gekommen. Eins kam aus Singapur, eins kam aus Japan.«

Müller überflog die Schreiben. »Ah, endlich! Danke.« Er griff nach einem Aktenordner. »Bitte versuchen Sie, mich sofort zu Hauptkommissar Binder durchstellen zu lassen. Das wird nicht ganz leicht sein um diese Zeit, aber vielleicht haben Sie ja Glück. Am besten nehmen Sie gleich meinen Apparat hier. Die Nummer der SoKo ist auf Speichertaste B3 gespeichert.«

Müller holte eine Schachtel Stecknadeln aus der Schreibtischschublade, wählte zwei Nadeln mit Glaskopf und trat vor die Weltkarte. Drei rote Punkte staken in Malaysia, vier in Hongkong, zwölf in Singapur und zwölf in Japan. Müller drückte die neuen Nadeln in die Karte.

»Herr Binder ist nicht in seinem Büro.« Frau Franke hielt die Sprechmuschel mit der Hand bedeckt. »Aber einer von seinen Vertretern.«

»Kommissar Teske?«

»Nein, Leuschner.«

»Egal, geben Sie ihn mir mal.« Müller lehnte sich über den Schreibtisch und nahm den Hörer. »Herr Leuschner? – Ja, Müller von der Kulanz-AG. – Wie, Sie haben die Mitteilung aus Japan und Singapur auch eben bekommen? – Nein, das bereitet mir keine Umstände, bestellen Sie Ihrem Chef, ich bin natürlich Punkt achtzehn Uhr im Operncafé.« Er legte auf.

»Brauchen Sie mich noch?« Die Sekretärin warf einen fragenden Blick zur Uhr.

»Sie können nach Hause, meine Gute. Es reicht, wenn ich Überstunden mache. Sie können meinen Wagen haben. Ich treffe Binder nachher noch im Operncafé und schlafe heute nacht im Bereitschaftszimmer. Muß Richter um 22 Uhr 30 ablösen.«

Dreizehntes Kapitel

Im Operncafé herrschte Hochbetrieb. Er entdeckte Binder erst nach längerem Suchen auf einem Ecksofa.

Binder erhob sich halb und gab Müller die Hand. »Sie sehen ja auch nicht gerade aus, als ob Sie eben einen Gesundheitsschlaf gehalten haben.«

Müller seufzte. »Schlaf? Sagten Sie was von Schlaf? Ich habe seit zwei Wochen kaum meine Wohnung von innen gesehen.« Er fuhr sich über die Bartstoppeln. »Wohne quasi im Büro.«

»Vielleicht gereicht es Ihnen zum Trost, wenn ich Ihnen versichere, bei mir ist es auch nicht groß anders. Wenn das so weiter geht, werden die Kinder mich bald ›Onkel‹ nennen.«

Müller nickte. »Meine Frau hat schon mal scherzhaft geäußert, daß sie sich ohne Schwierigkeiten einen Lover zulegen könnte, ich würde es sowieso nicht mitbekommen.« Er zeigte auf die Adidas-Tasche neben Binder. »Darf ich?«

»Pardon.« Binder stellte die Tasche auf den Boden. »Ich wollte nachher noch zum Aikido. Einmal in der Woche leiste ich mir den ungeheuren Luxus, auch wenn dann der Haussegen danach bisweilen ein wenig schief hängen mag, weil ich einen meiner wenigen freien Abende, na, Sie verstehen schon!«

»Sport!« Müller lachte. »Meine einzige sportliche Betätigung besteht darin, daß ich Fahrstühle und Rolltreppen meide.«

Müller setzte sich. »Haben Sie noch mit Ihrem Vertreter gesprochen?«

»Kurz. Er hat mir die Faxe gegeben. In der Tokio Metropolitan Police muß es zum Glück ein paar ausgesprochene Yakuza-Hasser geben. Sonst sind die nicht so kooperativ. Oder sie haben eine bestimmte Mafia-Gang auf dem Kieker. Bisher jedenfalls waren die Wagenbesitzer allesamt einschlägig bekannte Leute aus der Unterwelt.«

»Das deckt sich mit den Berichten unseres Agenten. Er hat ferner herausbekommen, daß alle Autos etwa im gleichen Zeitraum angemeldet worden sind.«

»Hmm, daraus könnte man durchaus schließen, daß sie alle en bloc ins Land geschafft wurden.«

»Der Gedanke ist mir auch gleich gekommen. Ich vermute mal, mit einem Frachter, der vorher in Singapur angelegt hat.«

»Interessant. Worauf stützt sich Ihre Vermutung?«

»Unser Versicherungskonzern hat, wie Sie ja wissen, weltweit die allerbesten Verbindungen. Ich habe einfach die Daten verglichen, die uns aus Singapur geschickt wurden. Auch dort hat man sich bei den aufgespürten Wagen um die Zulassungsdaten gekümmert. Die Daimler und BMW in Singapur sind alle innerhalb von vierzehn Tagen angemeldet worden. Drei Wochen später wurden die Wagen in Japan behördlich erfaßt. Alle besagten Fahrzeuge sogar, man höre und staune, nur binnen dreier Werktage! Wenn man, je nach Art des Schiffes, mit einer Fahrtdauer von zwei bis drei Wochen für die Strecke Singapur-Japan rechnet, dann ...«

»Hmm, nicht ohne, Ihre Theorie.« Binder machte sich Notizen. »Ich werde das mal an die zuständigen Fachleute von der Zollfahndung weiterleiten. – Was gibt es sonst Neues in unserer Hauptstadt, das mich interessieren könnte?«

»Unsere Ermittler sind einem Russen-Team auf der Spur, das sich auf Golf-GTIs spezialisiert hat. Aber noch nichts Handfestes für die Justiz. Wenn es konkreter wird, lasse ich es Sie selbstverständlich sofort wissen. Wir haben einen V-Mann einschleusen können. – Und bei Ihnen? Irgend etwas, das für mich von Bedeutung wäre?«

»Falls Sie es nicht schon auf den Schreibtisch bekommen haben: Zwei S 420 sind heute mittag als gestohlen gemeldet worden, beide Wagen haben gerade mal erst knappe 1000 km auf dem Tacho.«

Müller kräuselte die Stirn. »Wo?«

»In der City. Geschäftsleute.«

»Getürkt?«

»Kann man zwar nie wissen, aber ich glaube, dieses Mal nicht.«

Jetzt zückte Müller sein Notizbuch. »Farbe?«

»Beide grau. Ohne Schiebedach, ansonsten alle Extras.« Er diktierte Müller die Kfz-Nummern.

»Und wie?«

»Wie sie entwendet wurden, meinen Sie? – Na, dreimal dürfen Sie raten!«

Müller winkte ab. »Schon gut, schon gut. Ich frag' ja nicht mehr weiter.«

Binder schloß sein Notizbuch. »Was machen eigentlich die Versicherungen, wenn sich die Besitzer die Schlüssel klauen lassen?«

»Sorry, ist nicht mein Ressort. Aber ich glaube, ganz einfach ist die Schadensregulierung für die Betroffenen nicht.«

»Kann ich mir gut denken.« Binder schaute auf seine Armbanduhr. »So. Langsam muß ich los, mich stählen. Was ist, Herr Müller, haben Sie nicht Lust, einmal beim Aikido zuzuschauen?«

»Ich kenne Aikido sehr wohl. Aber warum eigentlich nicht. Bis zweiundzwanzig Uhr dreißig ist Richter in der Einsatzzentrale für alles verantwortlich.«

»Richter? Der mit der Blendgranate?«

»Ja. Er ist von der Konzernleitung zu meinem Stellvertreter befördert worden. Verdient hat er es. Hat 'ne Menge Glück gehabt, der Bursche. Die Verbrennungen waren nicht ganz so schlimm, wie es anfangs aussah.«

Die Bedienung des Operncafés Unter den Linden war sich ihres Elitetums bewußt und arbeitete dementsprechend. Die Rechnung für Binders Café-au-lait und Müllers Mineralwasser wurde ohne unwürdige Hast präsentiert – fünfzehn Minuten nach Binders erneuter, ziemlich bissiger Aufforderung.

Müller rümpfte die Nase. »Verkehren Sie hier öfter?«

Müller verfolgte Binders Trainingsstunde von der Zuschauertribüne aus. Er hatte eine Vorführung der japanischen Kampfkunst Aikido erstmals in Kamakura gesehen, als er dort wegen eines internationalen Kunstschwindels ermitteln mußte.

Man übte Messerabwehr, natürlich mit Holzmessern. Der Kommissar machte trotz seines Bauchansatzes eine gute Figur und brachte ein paar von den jüngeren Schwarzgurten kräftig zum Pusten. Nur einer der Aikidoleute war dem Kommissar ebenbürtig. Es war ein Mann in Binders Alter, etwas schlanker, auch mit Schwarzgurt und Hakama, der weiten Kimonohose der Samurai, bekleidet.

Trainingsleiterin war eine Frau. Autoritätsprobleme schien sie keine zu haben. Auf ein Händeklatschen von ihr setzten sich alle in der Sporthalle augenblicklich an den Mattenrand, auch der Chef der SoKo Stern hockte im Fersensitz nieder.

Vierzehntes Kapitel

Thomas Binder hatte einen etwa vierzigjährigen Mann zum Training mitgebracht, den er mir im Umkleideraum kurz vorstellte. »Das ist Herr Müller, er will mal zuschauen. Wir haben – äh – beruflich miteinander viel zu tun.« Er hatte ihm dann die Besuchertribüne gezeigt und war lange nach Übungsbeginn auf die Matte gekommen. Beim Aikido trainiert jeder mit jedem. Ich übte erst gegen Ende der Stunde mit Binder.

»Hast du deinem Bewunderer vorhin noch einen Theorievortrag über Aikido verabreicht?« Ich deutete mit einer Kopfbewegung auf den Mann auf der Zuschauertribüne.

»Quatsch. Ich habe ihm bloß erklärt, wo wir alle nachher unser Bier zischen gehen.«

»Ich glaube dir aufs Wort«, sagte ich und nahm Thomas Binder das Holzmesser mit einem Armstreckhebel ab. Dann setzte ich ihm das eine Knie in den Nacken, das andere – selbstverständlich bloß andeutungsweise – rammte ich ihm in die kurzen Rippen. Meine Abwehr war aber wohl doch eine Spur zu ruppig für eine Übungssituation, denn er verzog schmerzhaft das Gesicht. »Gemach, gemach, mein Freund!«

»Oh, sorry, alter Knabe, bin abgerutscht, war keine Absicht. – Geht's?«

»Scheint noch alles in Ordnung zu sein.« Binder massierte seinen malträtierten Ellenbogen und befühlte die Rippen. »Bin zwar nicht gerade aus Pappe, aber seitdem du tagein, tagaus an die zehn Stunden in diesem Kulturinstitut rumhockst und dich von den Sekretärinnen mit Reiskuchen und süßer Bohnenpaste vollstopfen läßt, hast du sicher an die zehn Pfund zugelegt. Und das merkt man dann schon, wenn du hinlangst.«

»Nun mach mal halblang, mein Lieber! Wenn hier einer zugenommen hat, dann du! In deiner Führungsposition hievt man sich ja kaum mehr aus dem Chefsessel hoch, außer zum Essen!« Das hätte ich besser nicht sagen sollen, denn jetzt war ich mit dem Angriff dran. Binder revanchierte sich, indem er mir das Holzmesser mit einem Handdrehhebel entwand und dann für ein paar Sekunden mein Abklatschen geflissentlich überhörte, mit dem man im Aikido seinen Trainingspartnern signalisiert, daß es weh tut.

»Ist ja das Schöne beim Aikido, der ständige Rollentausch, findest du nicht?« Er intensivierte seinen Haltegriff.

Was sagt man in solch einer Situation? Ich lag bäuchlings auf der Matte, Binder hatte meinen Messerarm eingekeilt, sein

Unterschenkel quetschte mein Gesicht. Unangenehm, unangenehm, aber ich ließ mir nichts anmerken.

Schwester Veras Eingreifen beendete mein Martyrium. »Nimm du mal das Messer, Thomas!«

Binder ließ augenblicklich von mir ab, verbeugte sich vor unserer Trainerin und griff an. Er hielt das Messer, als würde er einen Florettstich zum Solarplexus ausführen, wechselte blitzschnell in die andere Hand und zielte auf Schwester Veras Halsschlagader. Die Finte vermochte nicht, Schwester Vera zu irritieren. Sie blockte seinen Messerarm, drehte sich schwungvoll ein und warf mir Binder mit einem Hüftwurf vor die Füße.

»Aber, aber! Wer versucht mich denn hier auszutricksen?« Schwester Vera schüttelte belustigt den Kopf. »Du bist ein wenig lahm geworden, seit man dir ein drittes Sternchen auf die Epauletten geklebt hat. Ich bezweifele, ob du noch in der Lage bist, erfolgreich hinter einem sechzehnjährigen Taschendieb herzujoggen.«

Ich nickte. »Hab ich ihm auch gerade sagen wollen, Schwester, aber mir hätte er es bestimmt nicht geglaubt.«

Binder rappelte sich hoch und griente. »Fürs Hinterherjoggen hab ich zum Glück meine Leute.«

Schwester Vera gab ihm das Messer zurück und schaute auf die runde Wanduhr. »Oh, schon zehn Minuten über die Zeit. Ich mach mal besser Schluß, sonst gibt's wieder Ärger mit der Gruppe nach uns.« Sie klatschte energisch in die Hände.

Ich hockte mich neben Binder im Fersensitz zu den Schwarzgurten. Rechts neben uns saßen die mit den braunen, dann kamen die mit den grünen Gürteln. Ganz rechts waren die Anfänger. Schwester Vera kniete in der Mattenmitte nieder, uns den Rücken zukehrend. Außer dem Ticken der Wanduhr gab es keinen Laut mehr in der großen Halle.

Fünfzehntes Kapitel

Binders Begleiter wartete bereits in der Kneipe auf uns. Vor ihm standen drei verführerische Biere mit korrekter Schaumkrone. »Ich habe mir erlaubt, blind für Sie mitzubestellen, oder hätte ich Mineralwasser ordern sollen?«

»Keineswegs«, sagte Binder.

»Keineswegs«, beeilte ich mich zu bestätigen. »Sehr umsichtig von Ihnen. Wenn erst der Rest unserer Truppe hier einfällt, kann es passieren, daß man fast verdurstet, bevor man etwas kriegt, weil der Wirt dann mit dem Zapfen nicht mehr nachkommt.«

»Ich dachte immer, wer Aikido treibt, lebt gesund und meidet die Alltagsdrogen.«

»So? Sagt man so?« Binder und ich sahen uns an. Wir tranken die Biere in null Komma nichts aus und bestellten nach.

Binders Begleiter, »Müller, Horst Müller«, hatte er sich vorgestellt, nahm Kaffee mit der Begründung, noch arbeiten zu müssen. Ich sah ihn erstaunt an. »Um diese Tageszeit noch in die Firma? Klingt so, als hätten wir den selben Arbeitgeber.«

»Mein Freund arbeitet für die Japaner«, erklärte Binder. »Für ein Kulturinstitut, um es zu präzisieren. Und er fühlt sich da offenbar ein bißchen geknechtet, scheint es mir.«

»Jedenfalls bin ich täglich länger auf den Beinen als gewisse hochbezahlte Führungskräfte im öffentlichen Dienst.«

Müller musterte mich eingehend. »Sie arbeiten für Japaner?«

»Ja«, sagte ich. »Als Dolmetscher und Übersetzer.«

»Interessant, wirklich!« sagte Müller. »Ich war auch schon mal in Japan tätig, allerdings nur kurz. Überwiegend in Kamakura.«

Jetzt hatte mich der Bursche neugierig gemacht. »Da hat ein sehr guter Freund von mir gewohnt. In der Nähe vom Zuisen-Tempel, falls Ihnen das was sagt.«

»Ja, natürlich. Ein Tempel der Zen-Buddhisten, liegt nicht weit vom Kamakura-Schrein entfernt, im Nordosten der Stadt, rundherum ein herrlicher Steingarten.«

Ich nickte anerkennend. »Kompliment! Ich habe meinen Freund damals oft besucht. Er besaß, wie gesagt, nicht weit vom Zuisen-ji ein phantastisches Haus, noch ganz aus Holz gebaut, im Kyoto-Stil. Bilderbuchmäßig, wie er da gelebt hat, ihm fehlten bloß noch ein paar Geishas, und man hätte sich ins neunzehnte Jahrhundert zurückversetzt gefühlt. Überdachte Veranda vorne, Teegarten hinten, alte Steinlaternen, bemooster Bambuszaun, alles sehr, sehr stilvoll.«

Müller starrte mich an. »Hat Ihr Freund zufällig in Nikaido gewohnt, neben der Treppe zum Grab des Prinzen Morinaga Shino?«

Ich starrte zurück. »Sagt Ihnen zufällig der Name Klaus Esbeck was?«

Müller betrachtete mich mindestens eine Minute stumm, dann nickte er: »Vielleicht mehr als Sie sich vorstellen können, Herr Hofmann. Klaus Esbeck und ich hatten das Vergnügen, einmal in einer äußerst kniffligen Angelegenheit zusammenzuarbeiten.«

»Dann wird es Sie interessieren, daß ich beabsichtige, am Wochenende meinen Freund Klaus zu besuchen.«

»Sie fahren diese Woche noch in die Rhön?«

»Donnerwetter, Sie sind wirklich allerbestens auf dem laufenden. – Ja, Klaus und ich treffen uns in Fulda. Er wohnt ja immer noch irgendwo ganz abgeschieden in der Rhön in der Nähe der ehemaligen Zonengrenze. Ich habe nicht viel Zeit, deswegen werden wir uns nur für einen Abend in Fulda treffen, weil da ein ICE-Haltepunkt ist. Wir wollten mal wieder bei einer guten Flasche Wein über die alten Zeiten plaudern.«

Schwester Vera betrat das Lokal. Wir rückten zusammen.

»Stellen Sie sich vor, Schwester, dieser Herr hier kennt Klaus Esbeck.«

»Müller, angenehm, Horst Müller«, sagte Müller und gab der Ordensfrau die Hand. »War beeindruckend, wie Sie die Leutchen vorhin aufs Kreuz gelegt haben.«

Und Binder sagte: »Herr Müller und ich, wir hatten in den letzten Monaten häufiger miteinander zu tun.«

Schwester Vera bestellte ebenfalls ein großes Bier. »Sind Sie auch bei der Polizei?«

»Nein«, sagte Müller. »Ich arbeite als Fahndungschef für ein Versicherungsunternehmen. Herr Binder und ich versuchen, jeder auf seine Art und Weise, dem grassierenden Autoklau Paroli zu bieten.«

»Höchst löblich!« sagte Schwester Vera. »Selbst meine alte Schrottmühle ist denen nicht zu schade. Vor einer Woche haben sie versucht, das Radio auszubauen, sind aber offenbar dabei gestört worden; ich durfte eine eingeschlagene Seitenscheibe bezahlen. Bagatellschaden nannte meine Versicherung das.«

Müller lächelte. »Mein Aufgabengebiet umfaßt, fürchte ich, Schäden einer anderen Größenordnung.«

»Jetzt dämmert es bei mir!« Ich glaube, ich beging die Ungehörigkeit und zupfte Müller am Revers. »Klaus hat mir natürlich von Ihnen erzählt, und daß Sie bei ihm in Kamakura waren. Allerdings hatten Sie in dieser Geschichte einen anderen Namen, wenn ich mich recht erinnere.«

»Schon möglich«, sagte Müller. »Bringt mein Beruf so manchmal mit sich.«

»Klaus? Kamakura?« Schwester Vera sah mich fragend an. »Welcher Klaus, doch nicht etwa Klaus Esbeck?«

»Genau der«, sagte ich.

»Wie klein die Welt bisweilen ist.« Schwester Vera lachte Müller an. »Klaus Esbeck kenne ich nämlich auch sehr gut. Wir haben in Kamakura gemeinsam bei Tadayama-sensei unten im Haze-Dojo für unsere Dan-Prüfungen trainiert.«

Der Rest der Aikidotruppe strömte herein, und es wurde wahrhaftig sehr eng in der kleinen Kneipe. Das allgemeine Gespräch begann sich jetzt hauptsächlich um kampfsportliche Themen zu drehen. Auch darin schien Müller sich erstaunlich gut auszukennen. Er zwinkerte mir zu: »Der Judounterricht für Einzelkämpfer der NVA war schon recht intensiv.« Es stellte sich in der nächsten halben Stunde heraus, daß zumindest beim Aikido die Einheit Deutschlands glücklich vollzogen war. Müller war beileibe nicht der einzige in der Runde, der kampfsportliche NVA- oder Bundeswehr-Erfahrung hatte.

Als sich eine günstige Gelegenheit ergab, nahm ich Binder zur Seite. »Sag mal, weißt du eigentlich, weshalb die drei Typen da neulich am Urban-Krankenhaus umgelegt worden sind? Ich kannte sie zufällig, weil sie auch viel im Bistro *Kattelbach* am O-Platz verkehrten. Mit einem von ihnen hatte ich mich einmal sogar länger unterhalten. ›Saruman, der Seher‹ war sein Spitzname, weil er Ähnlichkeit mit dem geschwätzigen Zauberer aus dem ›Herrn der Ringe‹ hatte. In der Zeitung stand, daß man bei ihnen Dope gefunden hat. Dealerkrieg wie in den Staaten? – Na, wundern würde es mich kaum mehr.«

»Bitte, bleib objektiv!«

Binder schüttelte mißbilligend den Kopf. »Von New Yorker Verhältnissen trennt uns gottlob noch einiges. Die Kriminalstatistik zeigt natürlich einen starken Anstieg seit Fall der Mauer, aber mit Washington D.C. oder Detroit ist Berlin wirklich nicht zu vergleichen.«

»Abwarten«, sagte ich. »Immerhin werden in Kreuzberg die Leute schon mit Maschinenpistolen liquidiert.«

»Das ist schon noch die Ausnahme. Soweit unsere Ermittlungen ergeben haben, scheint es sich auch um keine Drogenangelegenheit gehandelt zu haben, sondern um Autodiebstahl.«

»Wie bitte? Du willst mir doch nicht verklickern, die drei sind niedergemäht worden, um sich Sarumans Uralt-Golf zu bemächtigen?« Ich tippte mit dem Zeigefinger gegen die Schläfe.

Binder griente. »Es ist bekannt, lieber Andreas, daß ich dich nicht unbedingt für den intelligentesten Menschen des Erdkreises halte, aber ein paar funktionierende graue Zellen billige ich auch dir zu. – Natürlich ging es nicht um den Schrott-Golf des Sehers.«

»Sondern?«

»Saruman wohnte über einem Luxusbordell, dessen Kunden dort stets mit adäquaten Schlitten aufkreuzen. BMW und Daimler der obersten Oberklasse und so weiter. In der besagten Nacht wurde ein sündhaft teures Mercedes-Sondermodell gestohlen. Der Seher und seine Kiff-Kumpane haben vermutlich nur rein zufällig dran glauben müssen, weil sie wegen Sarumans ausgemustertem Streifenwagen in der Dunkelheit von den Autoknackern für echte Polizisten gehalten wurden. Tja, und die haben dann nicht lange gefackelt. Der Wagen ist übrigens von dem Bordellbesucher – wie üblich – erst am Tag nach der Schießerei als gestohlen gemeldet worden. – Es ist naturgemäß in solchen Fällen immer recht schwierig zu beweisen, ob das eine abgekartete Angelegenheit war oder ob ein wirklicher Diebstahl vorgelegen hat.«

»Na, dann verlaß ich besser dieses Sündenbabel für ein paar Tage und regeneriere mich, so gut es geht, in der Provinz bei meinem Freund Klaus für den Überlebenskampf hier.«

»Du willst nach Fulda?«

»Übermorgen, mit dem Zug. Schwester Vera braucht meinen Wagen für irgendeinen Mini-Umzug. Ihrem Oldtimer wagt sie das nicht mehr zuzumuten.«

Müller warf einen Blick auf seine Armbanduhr und erhob sich. »Für mich wird es langsam Zeit. Die Pflicht ruft. Nachtschicht, Sie verstehen?«

»Nachts zu arbeiten, ist mir nur allzu vertraut«, sagte ich und gab ihm die Hand. »Nett, Sie kennengelernt zu haben.«

»Ganz meinerseits, Herr Hofmann. – Ach, da wäre etwas, was ich Sie noch fragen wollte. Sie haben doch sehr lange in Japan gelebt? Wie ist es denn um Ihr Japanisch bestellt? Ich nehme an, ausgezeichnet, wenn Sie als Dolmetscher und Übersetzer Ihre Brötchen verdienen können. Sagen Sie, wäre es denkbar, daß wir, damit meine ich die Kulanz-Versicherung, gelegentlich Ihre japanologische Hilfe in Anspruch nehmen dürften? – Natürlich nicht für umsonst!«

»Mein Bedarf an Kleingeld, lieber Herr Müller, ist schier endlos. Rufen Sie mich einfach an, wenn ich Ihnen nützlich sein kann.«

»Paßt es Ihnen morgen?«

»Von mir aus. Aber bitte melden Sie sich bei mir zu Hause, oder hinterlassen Sie mir eine Nachricht auf den Anrufbeantworter, wann und wo ich Sie erreichen kann.« Ich gab ihm meine Privatnummer.

Müller steckte die Visitenkarte in seine Brieftasche. »Keine Sorge, im Kulturinstitut rufe ich Sie bestimmt nicht an.«

Die Kneipentür schloß sich hinter Müller. »Was um Himmels willen werkelst du mit dem zum Schutze der Bürger?«

»Müller ist ein sehr fähiger Mann. Falls du dich mit ihm triffst, und ihr irgendeine Form der Zusammenarbeit beschließen solltet: Er ist absolut vertrauenswürdig, absolut! Und ich behaupte das nur selten von jemandem.«

»Daß du ihn für einen Ehrenmann hältst, ist ja schön, aber keine Antwort auf meine Frage, oder darfst du nicht offen darüber reden, was ihr gemeinsam treibt?«

»Ich schätze, er wird es dir selber ausführlich erklären. Er hat da so eine Theorie, was mit vielen der Autos passiert, die im Großraum Berlin abhanden kommen. Nur soviel, mein Lieber, und ich bin auch der Meinung, daß an seiner Theorie eine ganze Menge dran ist: Er meint, die meisten Wagen der Luxusklasse werden in letzter Zeit nicht in die Länder des ehemaligen Ostblocks verschoben, sondern gehen weiter weg, nach Asien. Und rate mal, wohin in Asien! – Na, ist endlich der Groschen bei dir gefallen?«

Sechzehntes Kapitel

Müller klingelte mich gleich am nächsten Morgen, an meinem ersten freien Samstag seit Wochen, in aller Herrgottsfrühe aus tiefstem Schlaf. Ich war begeistert. »Hofmann«, schnaubte ich in den Hörer. »Was ist?« Ich fürchte, ich war nicht besonders gesprächig. Immerhin brachte ich es noch einigermaßen höflich fertig, mich mit ihm für den frühen Abend in Kreuzberg zu verabreden. Katzenkater ignorierte die Telefonaktion total und schnarchte unbeirrt weiter. Ich rappelte mich aus den Federn. Kurz vor neun und Nieselwetter. Ein Tag, dachte ich bei mir, an dem man das Bett besser nicht verläßt, außer um erstens: sich mit Lektüre zu versorgen (z. B. Reiseführer Mittelmeer), zweitens: gemächlich einige getoastete Weißbrotschnitten zu belegen (Lachs, Krabben, auch eine hausgemachte Konfitüre wäre kein Fehler), während der Tee zieht, und um schließlich drittens so gegen mittag, eine wohltemperierte Flasche Wein zu entkorken (Rotwein, vorzugsweise aus dem Fränkischen). Ein Blick in Kühlschrank und Speisekammer belehrte mich indes, daß ich mir ein gemütliches Frühstück im Bett lediglich aus Hagebuttentee (vorjährig) und pappigem Knäckebrot (vermutlich ebenfalls vorjährig) zusammenstellen könnte. Die einzige Konserve, die ich fand, stammte noch aus meiner Iris-Epoche: vegetarischer Leberkäse auf Tofu-Basis (ungesalzen). Ich entsorgte diesen Leckerbissen in Katzenkaters Freßnapf. Mal sehen, ob er das Zeug anrühren würde. Das Herumhantieren an seinem Freßnapf mußte sich in seine Mäusejagdträume geschlichen haben. »Mautz!« Er spazierte verschlafen in die Küche.

»Freßchen, Dicker!«

Katzenkater begutachtete das, was ich ihm als ›Freßchen‹ offerierte und machte auf der Stelle beleidigt kehrt, wortlos.

»Schon gut. Man wird ja mal gelegentlich was ausprobieren dürfen.« Ich hörte, wie er ins Bett sprang und sich auf meinem Kopfkissen einkringelte. »Ausnahmsweise sind wir einer Meinung, der Herr!« Der Tofu-Leberkäse landete im Mülleimer, der Hagebuttentee und das Knäckebrot folgten. Ich seufzte. Es war an der Zeit, wieder die elementarsten Vorräte einzukaufen. Es half nichts, ich mußte hinaus in den grauen Samstagvormittag. Trotz Nieselregens.

In der *Räucherkate* traf ich auf einen Leidensgenossen. »Wer hat dich denn zu dieser Stunde vor die Hütte gejagt?«

»Ist alles noch viel heftiger, als du dir ausmalen kannst. – Ich bin noch von gestern übrig.« Wolfgang verpackte seine Wochenendeinkäufe in einer altmodischen, geblümten Oma-Tasche.

»Schick, wo hast du denn das tolle Teil her? Geerbt?«

»Ist echt antik. Hab's mir eben von Werner ausgeliehen. Hatte keine Lust, den ganzen schweren Krempel in Plastiktüten durch die Gegend zu schleppen.«

»Kann's kaum glauben. Werner borgt dir seine wertvollen Antiquitäten, damit du sie mit Mineralwasser- und Orangensaftflaschen ausleierst? Ich staune!«

»Werner war mir eine winzige Nettigkeit schuldig, nachdem wir die ganze Nacht wie ein paar bescheuerte Teenies um die Häuser gezogen sind.«

»Aus dem Alter solltet ihr eigentlich raus sein.«

»Pah, wenn Werner ein Schnäppchen gemacht hat, ist er nicht zu bremsen in seiner Feierfreude.«

»Was war's denn diesmal? Schuko-Autos oder eine alte Märklin-Kipplore?«

»Nichts von alledem. Kolorierte Tonfiguren von Himmler und Speer und anderen Nazi-Größen im Däumlingsformat.«

»Ich meine, mich zu erinnern, daß er hinter derartigen Sachen her war.«

»Jetzt hat er sie und ist stolz wie ein Schneekönig.«

»Was ist der Scheiß denn wert? Himmler und Konsorten, wer kauft denn diesen Müll. Dazu noch aus Ton.«

Wolfgang zuckte mit den Achseln. »Keine Ahnung. Aber Werner sagte, die Tonheinis würden in den Staaten zu Phantasiepreisen gehandelt.«

»Von mir aus. Ich würde jedenfalls keinen Pfennig für einen

Spielzeug-Reichsführer-SS hinlegen, selbst wenn er aus massivem Platin wäre.«

»Werner meint, nicht nur die Amis, auch die Japsen sollen gute Kunden von Militaria sein.«

Ich glaube, in diesem Moment dachten wir beide an Hashimoto.

*

Ich traf mich mit Müller in der *Roten Harfe* am Heinrichplatz. Meinen Wagen parkte ich in der Tiefgarage des Taut-Hauses. Es empfiehlt sich nicht, einen frisch polierten Saab in der Oranienstraße abzustellen, wenn im ehemaligen SO 36 eine Punk-Demo gegen Yuppies und Schickimickies angesagt ist. Auch nicht, wenn der Wagen vier Jahre alt ist und einen Greenpeace-Aufkleber hat. Greenpeace ist für einige Leute aus der Szene auch schon schickimicki.

Müller hätte ich fast nicht wiedererkannt. Er trug eine abgewetzte Lederjacke und Jeans.

»Ohne Ihnen näher treten zu wollen, Armani-Jacketts stehen Ihnen besser als diese Kiezuniform.«

»Privat bevorzuge ich tatsächlich englische Maßanzüge und italienische Stoffe, aber mein Beruf bringt es manchmal mit sich, daß ich mich optisch an meine Umwelt anpassen muß.«

»Doch hoffentlich nicht meinetwegen, Herr Müller.«

»Sie meinen Lederjacke und Jeans? Nein, Ihretwegen ist das nicht. Ich habe nach unserem Gespräch noch hier in der Gegend zu tun. Das geht schlecht im Burberry und mit Hermes-Krawatte.«

»Wie sind Sie denn motorisiert?«

»Keine Sorge, meinem Renner sprayt niemand ein Graffiti auf.

Es ist ein alter Mazda oder Honda. Ich kann die Dinger nicht auseinanderhalten.«

»Wobei wir vermutlich beim Thema Japan angelangt wären.« Ich bekam meinen Grüne-Bohnen-Eintopf. Die Bohnen hatten nie eine Konservendose von innen gesehen, und auch das Erlebnis einer Mikrowellenbehandlung war ihnen erspart geblieben. In der *Roten Harfe* pflegte man eine Anzahl vergessener deutscher Gerichte, wie zum Beispiel Königsberger Klopse mit Kapernsauce oder eben Eintopfgerichte.

So man in der babylonischen Kreuzberger Gastronomielandschaft Abwechslung von Döner, Minipizza & Co. haben wollte, war die *Rote Harfe* eine Art kulinarische Oase. Und: die Portionen waren anständig.

»Hmm, schaut gut aus.« Müller betrachtete versonnen meinen Teller. »Wie früher bei Muttern.« Er winkte die Bedienung heran. »Fräulein, ich denke, ich muß doch etwas essen. Das gleiche für mich, bitte.« Müller nippte an seinem Mineralwasser. »Japan, Herr Hofmann. – Gut, lassen Sie uns über Japan reden, und schleichen wir nicht länger wie die Katzen um den heißen Brei herum. Sagen Sie mir einfach, was Binder Ihnen erzählt hat, und ich erläutere Ihnen dann seine Andeutungen.«

Mir lag auf der Zunge, daß zumindest meinen whiskas- und brekkie-süchtigen Katzenkater heißer Brei ziemlich kaltlassen würde, aber ich verschluckte meinen Kommentar. Er würde zu vieler Erklärungen bedürfen und Müllers Geduld ungebührlich strapazieren, sofern er kein erklärter Katzenfreund war.

»Binder hat mir erzählt, die hier verschwindenden Nobelschlitten würden neuerdings mit großer Regelmäßigkeit am anderen Ende der Welt wieder zum Vorschein kommen.«

»So verhält es sich, Herr Hofmann. Und es besteht Grund zu der Annahme, daß der Transfer von Berlin aus organisiert wird.

Die in Japan aufgefundenen Wagen stammen bis auf wenige Ausnahmen alle aus Berlin und Umgebung.«

»Um Ihr Bild vom heißen Brei ein für alle Mal ad acta zu legen: Was, sehr verehrter Herr Müller, wollen Sie, bitte schön, von mir?«

Müller schloß für einen Augenblick die Augen. Dann sagte er: »Also gut, Herr Hofmann, reden wir ab jetzt Klartext. Binders Einverständnis habe ich. Mit Klaus Esbeck habe ich vorhin auch schon telefoniert. Er hat Sie mir wärmstens empfohlen.«

»Toll, daß Esbeck mich empfiehlt, wirklich!« Ich schlug mit der Faust auf den Tisch. Meine Suppe schwappte über. Die Leute vom Nebentisch schauten weg. Ich sagte ziemlich laut: »Raus mit der Sprache, Müller! *Was wollen Sie von mir!*«

Müller beeinduckte mein Temperamentsausbruch überhaupt nicht. Er deutete seelenruhig mit beiden Zeigefingern auf meinen Solarplexus, als würde er zwei Pistolenläufe auf mich richten. »Ahnen Sie es wirklich nicht, Herr Hofmann?« Die Pistolenläufe wurden eingerollt. Er faltete die Hände und lächelte mich an. »Wir wollen Ihre Mithilfe, verehrter Herr Hofmann, um der Japan-Mafia in Berlin das Handwerk zu legen. Viele winzige Einzelteile des Puzzles, das Binder und ich bereits stückchenweise gelöst haben, deuten daraufhin, daß die Fäden dieser Autoschieberei am Oranienplatz zusammenlaufen, um exakt zu sein: im Taut-Haus. Wir brauchen jemanden unseres Vertrauens vor Ort, der sich ohne Verdacht dort frei bewegen kann.« Er sah mich ernst an. »Ganz besonders interessiert uns, welche Verbindung es zwischen dem Kulturinstitut und der Firma *Schipp-Snelvracht* gibt. Wir haben das Umfeld des Instituts sorgfältigst abgeklopft. Auch das geographische Umfeld: *Schipp-Snelvracht* hat einen japanischen Miteigentümer, eine Firma aus Yokohama hält 50% der Anteile. Zufall? Ich glaube nicht!«

Ich atmete tief durch.

»Selbstredend soll Ihr – äh – Engagement Ihnen finanziell nicht zum Schaden gereichen. Fragen Sie nur Ihren Freund Klaus. Die Kulanz-AG hält stets, was sie verspricht.« Er wartete mit dem Weiterreden, bis die Bedienung seine Suppe serviert hatte. Dann erläuterte er mir detailliert, nicht ohne zwischendurch mehrmals euphorisch die Grünen Bohnen zu loben, was seine Firma mit mir vorhatte.

»Und der Vorschuß ist garantiert Montag auf meinem Konto?«

»Garantiert, wenn Sie mir hier und jetzt Ihr Wort geben.«

Ich gab es ihm und hatte die bestbezahlteste Nebentätigkeit meines Lebens angenommen. Allerdings keine ganz ungefährliche.

Siebzehntes Kapitel

Ich ließ den Wagen in der Tiefgarage stehen. Von der *Roten Harfe* bis zum Paul-Lincke-Ufer waren es zu Fuß knappe fünfzehn Minuten. Ich hatte Müller noch zum Auto begleitet und sein Angebot, mich zur Eröffnungsfete von Johannes' neuer Praxis zu fahren, abgelehnt. Bevor er in den Wagen stieg, gab er mir einen Zettel mit zwei Telefonnummern. »Unter der ersten Nummer erreichen Sie mich Tag und Nacht persönlich. Bitte benutzen Sie diese Nummer nur in dringenden Fällen. Die zweite Nummer ist die unserer Telefonzentrale. Wenn Sie weniger dringliche Nachrichten haben, können Sie sie dort hinterlassen. Man wird sie ohne Verzögerung an mich weiterleiten.«

»Ok.« Ich brauchte jetzt wirklich ein paar Schritte an der frischen Luft, um über alles nachzudenken. Mein beruflicher Werdegang nach dem Abitur war recht erratisch verlaufen, aber daß ich einmal eine Art Agent werden würde, hatte ich mir wahrlich nicht träumen lassen. Dennoch gefiel mir die Aussicht, meinen Lebensabend nicht als Hashimotos Sekretär und Mädchen für alles beschließen zu müssen. Ein, zwei Monate kalkuliertes Risiko, so stellte ich mir die Sache vor, und ich würde die nächsten drei, vier Jahre mit dem Honorar von der Kulanz-AG in relativem Luxus am Mittelmeer oder auf den Bahamas verbringen können. Jedenfalls wäre ich ab dato nicht mehr gezwungen, zum Beispiel bis spät in die Nacht hinein irgendwelche vollkommen sinnlosen Statistiken über die Anzahl der an der Tokio Universität promovierten Germanisten ins Deutsche zu übersetzen.

Meine persönliche Zukunft, fand ich, hatte schon des öfteren bedeutend schwärzer ausgesehen.

*

Johannes' neue Praxis am Paul-Lincke-Ufer befand sich im zweiten Stock eines aufwendig restaurierten Gründerzeithauses. Direkt vor dem Haus buddelte die Telekom, wie ein beleuchtetes Schild verkündete. Ein metertiefer Graben war hingegen nur noch mangelhaft gesichert, weil Baulampen ein begehrtes Gut sind. ›Wegfinden‹ nennt man diesen Volkssport. Man gelangte über einen Laufsteg in den Vorgarten des Hauses. Werner Dralle war schon da, falls es nicht noch einen weiteren quittegelben 600er mit langem Radstand und lindgrünen Ledersitzen in Berlin gab. Werner hatte seinen Schlachtkreuzer dicht an den Telekomgraben bugsiert. Das zuständige Halteverbotsschild ragte unter einem gleichfalls an der Grabenkante geparkten Unimog hervor. Parkplatzbeschaffung auf kreuzbergerisch.

Fast alle Fenster der Praxis gingen zum Landwehrkanal. Sie waren geschlossen, dennoch drang die Musik bis auf die Straße hinunter. Ich hatte mit Müller bis kurz vor zweiundzwanzig Uhr in der *Harfe* gesessen. Den Menschenmassen nach zu urteilen, die sich hinter den Fenstern bewegten, war das Buffet jetzt, eine Stunde nach Partybeginn, bestimmt schon bis auf das letzte Salatblatt vertilgt. Gut, daß ich bereits gegessen hatte. Im Hausflur traf ich auf Wolfgang. »Na, schon wieder am Gehen?«

»Ein Tollhaus«, sagte Wolfgang. »Mir reicht's. Man kann sein eigenes Wort nicht verstehen und findet kaum einen Stehplatz. Voller kann eine U-Bahn in der Tokioer Rushhour auch nicht sein.«

»Darauf würde ich an deiner Stelle zwar keine Wette abschließen, aber recht voll scheint es mir tatsächlich zu sein.«

»Wünsche dann noch viel Spaß«, sagte Wolfgang.

Einen Spaß konnte man die Veranstaltung wahrlich nicht nennen. Die meisten Leute waren mir fremd, und mit den paar Bekannten, gegen die ich hier und da geschubst wurde, konnte ich kein vernünftiges Wort wechseln, so laut hämmerte die Musik. Desungeachtet redete ein Glatzkopf mit dem Rücken zu mir in ein Mobiltelefon. Armer Irrer!

Eine Hand legte sich von hinten auf meine Schulter. »Wir haben anscheinend den gleichen Zahnarzt.«

Es war unser Hausmeister vom Taut-Haus. »Nanu, Herr Bößner, schon lange auf der Piste?«

Bößner zog mich dicht zu sich heran. »Wissen Sie, die Berührung mit einigen der Herren hier ist ja durchaus angenehm, aber wenn man gegen manche der Damen gedrängt wird – brrr!«

Ob er wohl Iris meinte, die gerade mit Werner und Johannes anstieß? Iris offenherzig und mini-berockt wie immer. Ich hatte eine Flasche Bier erbeutet und versuchte, sie an den Mund zu bringen. Kein leichtes Unterfangen in dem Getümmel.

Der Glatzkopf vor mir steckte sein Mobiltelefon in die Hosentasche und stieß mit dem Ellenbogen gegen meine Bierflasche. »Oh, Pardon!«

»Macht nichts«, sagte ich. Es war der Glatzkopf, dessen Bierglas ich im *Dralle's* umgeworfen hatte. »Jetzt sind wir quitt.«

Erst schaute er mich einen Moment verständnislos an, dann erkannte er mich auch. »Ach, Sie sind's!«

Damit war gleichzeitig das Ende unserer Unterhaltung gekommen, denn Iris hatte mich entdeckt und schob Werner und Johannes zwischen uns, ihre beiden Busenfreundinnen im Schlepptau. ›Busenfreundinnen‹ war übrigens die völlig korrekte Bezeichnung für die drei. Bößner sagte bloß: »Uff, das mir!« und ging hinter meinem Rücken in Deckung.

Iris hakte sich bei Werner unter. »Andi, hast du schon mal einen Mini-Goebbels gesehen?« Die Art, wie sie überdeutlich artikulierte, verriet, daß sie nicht mehr ganz nüchtern war.

»Goebbels war auch in Natur mini, teuerste Ex-Freundin. Wo steckt mein Retter?«

»Retter – wer?«

»Dirk, der, der mich von dir befreite.«

»Das ist aber gar nicht nett von dir, sowas zu sagen«, schnatterte eine ihrer Busenfreundinnen.

»Nein, wirklich!« stimmte die Zweite ein. »Ungehobelt wie eh und je.«

»Wenn ich euch sehe, kann ich nicht anders.«

Bößner kam mir zu Hilfe. »Wollen Sie mich diesen Furien nicht vorstellen, Herr Hofmann?«

»Du bist und bleibst unmöglich«, sagte Iris. »Du und dein Umgang!« Sie hatte ein anderes Opfer erspäht und verzog sich wutentbrannt.

»Eine einzige Zumutung, dieser Mensch«, sagte die eine Busenfreundin und folgte ihr. Die andere ließ Blicke sprechen, mit denen man Kleintiere expreß ins Jenseits befördern konnte.

Werner wischte sich den Schweiß von der Stirn. »Danke, zu dritt schaffen die jeden.«

»Sehr anstrengend, diese Troika«, sagte Johannes und begrüßte Bößner. »Schön, daß Sie auch hier sind. Obgleich die geballte Weiblichkeit Ihnen eben nicht so recht zugesagt hat.«

»Treffend erkannt, Doktor. Lieber laß ich mir den nächsten Zahn von Ihnen ohne Betäubung ziehen, als ...«

Den Rest des Satzes verstand ich nicht, denn Dirk war aufgetaucht und überbrüllte die Musik: »Sind sie endlich weg?«

Wolfgangs Prognose, mein Nachfolger würde in Bälde dem Club der Iris-Geschädigten beitreten, erschien mir glaubhafter denn je. Dirk erinnerte mich noch daran, daß ich ihm versprochen hatte, einen Blick in die Akten seines japanischen Klienten zu werfen.

»Bei dir zu Hause?«

»Nein, komm in die Kanzlei.«

Dann wurden wir getrennt. Eine Horde neu eintreffender Partygäste schob sich zwischen uns. Ich fand mich mit Bößner und Werner in einer anderen Zimmerecke wieder, wo wundersamerweise eine Sitzgruppe noch nicht in Beschlag genommen war. Wir ließen uns in die Sessel fallen. Ein Kellner vom Partyservice versorgte uns mit Sekt.

»Lange mach ich das nicht mehr mit«, sagte Bößner.

»Ich auch nicht. Wie wäre es mit einem ruhigen Ausklang am O-Platz?«

»Bin mit von der Partie«, sagte Bößner.

Ich wandte mich an Werner. »Zum Beispiel im *Kattelbach*? Kommst du mit?«

»Nee, heute geht's früh ab in die Falle. Bin gestern mit Wolfgang versackt. Einmal pro Woche reicht.«

»Ich weiß. Ihr habt den Erwerb von Tonfigürchen begossen.«

»Tonfigürchen? – Zeitzeugnisse erster Güteklasse sind das, sagen mehr aus über den alltäglichen Faschismus im Dritten Reich als jedes dröge Geschichtsbuch. Willste mal sehen? Hier, schau mal!« Werner öffnete eine kleine Pappschachtel. »Ein Goebbels-Püppchen!«

Ich hob den Reichspropagandaminister aus seinem Wattebett. »Und damit haben unsere Eltern als Kind gespielt. Na, danke vielmals!«

»Im Autosafe habe ich noch einen handbemalten Ton-Himmler aus der gleichen Serie«, sagte Werner. »Ich wollte ihn nachher noch Johannes zeigen, aber wenn ihr loswollt, kann ich ihn auch gleich hochholen.«

»Laß mal gut sein, Werner. Der hier reicht mir vollauf.« Ich begrub Goebbels wieder in der Pappschachtel und erhob mich. »Wollen wir, Herr Bößner?«

Achtzehntes Kapitel

Im *Kattelbach* war es zwar auch nicht gerade leer, schließlich war Samstagabend, aber dennoch weitaus angenehmer als auf der Party. Da ich noch mit dem Wagen nach Hause fahren wollte, hielt ich mich an Obstsäfte. Bößner berichtete mir über den letzten Haus-Klatsch, daß die japanischen Sekretärinnen alle für Herrn Hashimoto schwärmen würden, weil er immer so elegant gekleidet sei, daß der dicke Holländer seit gestern einen Assistenten hätte und so weiter. Ich erinnerte mich an meine gerade angetretene Nebentätigkeit und fragte ihn, seit wann denn die Firma *Snelvracht* ihr Büro im Taut-Haus habe.

Bößner antwortete nach einigem Überlegen. »Wenn ich es hier richtig gespeichert habe«, Bößner tippte sich an die Stirn, »ist *Snelvracht* zeitgleich mit dem Kulturinstitut eingezogen, kann aber auch ein paar Tage vorher gewesen sein.«

Als wir gegen Mitternacht in den Hof traten, brannte in mehreren Räumen im vierten Stock immer noch Licht.

»Neue Besen kehren besonders gut«, sagte Bößner. »Aber Herr Hashimoto schlägt alle Rekorde hier im Haus. Waren Sie eigentlich schon mal bei mir auf dem Flachdach? Heute ist es sehr klar, da hat man einen phantastischen Weitblick. Außerdem können Sie von meinem Wintergarten aus Ihren Chef bei der Arbeit bewundern. Im Moment ist er allerdings nicht bei sich im Zimmer.«

Der Ausblick war beeindruckend. Noch beeindruckender war, daß sich außer Willem van Grootern noch jemand im *Snelvracht*-Büro befand. Hashimoto unterhielt sich wild gestikulierend mit ihm.

»Darf ich mal kurz telefonieren?«

»Benehmen Sie sich wie zu Hause!« Bößner wies auf den Apparat. »Soll ich uns noch einen Espresso brauen?«

»Falls es Ihnen keine Umstände bereitet, um diese Zeit.«

»Quatsch!« sagte Bößner und ließ mich alleine. Ich kramte nach dem Zettel, den Müller mir gegeben hatte und wählte die erste Nummer.

Jemand hob augenblicklich ab. »Ja, bitte?« sagte eine Stimme. Es war Müller.

Neunzehntes Kapitel

Werner Dralle schüttelt allen möglichen Leuten zum Abschied die Hand, verteilt Küsse und Luftküsse an die Ladies, tastet nach der Innentasche seines Jacketts, ob das Pappschächtelchen mit dem Ton-Goebbels sich noch dort befindet, wo es hingehört. Es befindet sich. Das Schlüsselbund ist auch in der Hosentasche.

Johannes läßt es sich als Gastgeber nicht nehmen, Werner zur Tür zu geleiten, sprich: sich mit ihm mittels nahkampfähnlicher Methoden zur Tür durchzudrängeln. »Ich lauf' mal kurz mit dir runter zum Wagen und werfe noch einen Blick auf den Himmler.«

Als Johannes und Werner den schmalen Vorgarten durchqueren, werden sie von Autoscheinwerfern geblendet. Ein Wagen wendet auf der Straße.

»Idioten«, sagt Werner und hält sich die Hände vor die Augen. »Zu blöd, um Fern- und Abblendlicht auseinanderzuhalten.« Der Wagen rangiert und stößt den Bohlensteg vor ihnen in den Telekomgraben. »Penner! Paßt doch auf!«

»Mensch, Werner, ist das nicht dein Mercedes?«

»Ich glaub, ich werd' verrückt, verdammt. Das *ist* meiner!«

Der Graben ist tief und breit und schlecht beleuchtet. Dafür bescheint die Leuchtstoffröhre vom *Hier baut die Telekom*-Schild für Sekunden die Windschutzscheibe des Daimlers und die Gesichter vom Fahrer und dem Mann auf dem Beifahrersitz.

»Die Schweine klauen mein Auto«, brüllt Werner und nimmt Anlauf, um über den Graben zu springen.

»Werner, bist du bescheuert?« schreit Johannes und hält ihn fest. »Du brichst dir das Genick.«

»Laß mich los«, brüllt Werner, »die Schweine kauf ich mir!« Immerhin springt er nicht, sondern greift nach einem Pflasterstein. Der Wagen hat unterdessen gewendet und beschleunigt. Berliner Gehwegpflastersteine liegen gut in der Hand. Ganze Generationen von Studenten haben bei Demos damit Weitwurf geübt. Auch Werner Dralle stand in jungen Jahren der Studentenbewegung nahe. Ein Stein trifft die Kofferraumhaube, ein zweiter den hinteren rechten Kotflügel. Als Werner einen passenden dritten Stein gefunden hat, ist der Wagen bereits außer Wurfweite.

Zwanzigstes Kapitel

›Den Espresso hätte ich besser nicht mehr trinken sollen‹, dachte Bößner. Er schlüpfte in seine Badelatschen, zog sich einen Morgenmantel über und trat auf den Dachgarten. Im vierten Stock schräg unten gegenüber brannte noch immer Licht. ›Man kann es ja auch übertreiben‹, dachte Bößner und trat näher an die Brüstung. Der dicke Holländer schien dem Japaner etwas zu diktieren. Die wulstigen Lippen von van Grootern bewegten sich quabbelnd. Hashimoto nickte rhythmisch dazu und schrieb emsig.

›Schon komisch, was die beiden miteinander zu schaffen haben. Hofmann war sogar darüber sehr irritiert gewesen. – Wen er wohl deswegen noch angerufen haben mag?‹ Irgendwo knarrte etwas. Bößner beugte sich über die Brüstung. Seit das Haus eingerüstet war, hatte es an mißglückten Einbruchsversuchen und geglückten Einbrüchen nicht gemangelt. Trotz Wachschutz, der stündlich die Runde machte. Dem Knarren folgte jetzt ein leises Surren. ›Im dritten Stock?‹ Bößner hockte sich hin und schloß die Augen, um sich besser konzentrieren zu können. ›Nein, höher. Im Vierten!‹ Das Surren war jetzt direkt unter ihm. Bößner öffnete die Augen wieder, legte sich flach auf den Boden und schob den Kopf vorsichtig über die Dachkante. Durch einen Spalt zwischen zwei Baubohlen sah er den Mann. Er kauerte hinter einer Wassertonne und hielt einen Fotoapparat auf van Grooterns Büro gerichtet. Von Zeit zu Zeit betätigte er den Auslöser der Kamera. ›Das war also dieses sonderbare Surren‹, dachte Bößner. ›Den Glatzkopf von dem Typen habe ich doch schon mal gesehen. Gar nicht so lange her. Aber wo bloß?‹ Der Mann schien sich übrigens recht sicher zu fühlen, denn er rauchte, hielt die Glut der Zigarette mit der hohlen Hand verdeckt.

Bößner war nicht feige, hielt sich aber auch nicht für einen Helden. Langsam kroch er auf allen Vieren zu seinem Wintergarten zurück, verschloß sorgsam die Tür hinter sich, wobei ein gewisses Quietschen nicht zu vermeiden war, denn die Tür war alt und von Feuchtigkeit verzogen. Er alarmierte die Polizei. In diesem Augenblick erlosch das Licht im *Snelvracht*-Büro.

*

Die Beamten kannten Bößner schon mit Namen, so oft waren sie in den letzten Wochen ins Taut-Haus geholt worden. Sie hatten das gesamte Baugerüst mit ihren starken Stablampen abgeleuchtet. »Nee, Herr Bößner, nix. Wenn hier einer war, ist er längst über alle Berge. War wohl wieder so'n Junkie, der gleich aufgegeben hat, als er kein offenes Fenster finden konnte.«

Bößner schüttelte den Kopf. »Wie ein Dopy auf Knacktour kam er mir nicht vor. Er hat fotografiert. Die Büros vom japanischen Kulturinstitut und von der Speditionsfirma gegenüber. Da, die Kippe stammt von ihm.«

»Na, dann warnen Sie die betreffenden Damen und Herren mal schön davor, daß die Chance ziemlich groß ist, demnächst nächtlichen Besuch zu erhalten.«

*

Vor der Telefonzelle Segitzdamm/Ecke Oranienplatz entstieg ein athletischer Endzwanziger einem älteren BMW. Rätselhafterweise war der Apparat weder beschädigt, noch die Zelle übermäßig vermüllt.

»Willem? Unser Freund wird aufdringlicher denn je. Er hat euch vom Gerüst aus fotografiert. Irgend jemand muß ihn dabei beobachtet haben und hat die Bullen alarmiert. Er ist ihnen bloß um Haaresbreite entwischt. Willem, ich fange langsam an, nervös zu werden.«

»Geduld, Harry, Geduld. Erst muß die letzte Fuhre komplett sein. Wo steckt unser Freund jetzt?«

»Ich tippe, er ist in sein Stammcafé gefahren, sich mit den anderen treffen.«

»Und, schaust du noch vorbei?«

»Nein, ist mir zu riskant. Ich hau' mich aufs Ohr. War ein langer Tag für mich, den Burschen nicht aus den Augen zu verlieren. Auf dieser Zahnarztfete wäre er mir fast durch die Lappen gegangen, so voll war es dort.«

»Aber den gelben Daimler haben sie gekriegt?«

»Davon gehe ich doch mal aus. – Ganz glatt abgelaufen ist die Sache offensichtlich aber nicht, denn der Besitzer kam nach oben gerannt und wollte die Bullen anrufen. Gruber hatte natürlich zur Sicherheit das Telefonkabel durchtrennt. Das wird den Pollacken schon genügend Zeit gegeben haben, um wegzukommen.«

»Hoffen wir das Beste. – Dann bis morgen also.«

»Bis morgen, Willem.«

EINUNDZWANZIGSTES KAPITEL

Selbst lange nach Mitternacht gab es in der Kantstraße keine Parkplätze. Gruber fuhr mit den Vorderrädern des Trans Am auf den Bürgersteig und ließ das Standlicht an. Im *Schwarzen Café* herrschte noch Hochbetrieb. Das Publikum war gemischt. Vertreten waren die üblichen Nachtschwärmer, Leute aus der Gastronomie, die ihr Feierabendbier tranken, Kartenspieler, die kein Ende finden konnten.

Marek und Wronschieck hatten einen kleinen, runden Tisch in einer Ecke für sich und spielten Schach. Gruber holte einen Stuhl, bestellte einen Milchkaffee und setzte sich zu ihnen. Er verstand nicht viel von Schach, aber daß es um Marek schlecht bestellt war, das sah er auch. Schweigend verfolgte er Mareks Untergang. Schweigend, denn Marek neigte zu Tobsuchtsanfällen, wenn sich jemand beim Schachspielen einmischte.

»Schach – und Matt!« sagte Wronschieck und zwinkerte Gruber zu.

»Scheiße«, sagte Marek und kippte seinen König um. »Ich habe heute eine Pechsträhne.«

»Daran liegt es zufällig nicht?« Gruber deutete auf ein leeres Glas.

»Doch, kann schon sein. Wronschieck hatte drei Wodka Vorsprung.«

»Vier«, sagte Wronschieck. »*Nachdenk-Wässerchen* nennen wir das bei uns in Polen. Aber was treibt dich eigentlich noch hierher? Dachte, wir haben alles für morgen schon besprochen.«

»Ich war nochmal am Oranienplatz.« Gruber sah sich um. Am Tisch nebenan knutschte ein Pärchen, und mit dem Rücken zu ihm saß ein Mann, Typ ewiger Student, abgewetzte Kordjacke, Nickelbrille, vor sich einen Stapel Bücher, und las Sartre. ›Nur die üblichen abgedrehten Gestalten wie immer‹, dachte Gruber.

»Und, gibt es Neuigkeiten?« Marek schob die Schachfiguren zusammen.

»Massig«, sagte Gruber. »Der Dicke mauschelt was mit den Japanern da im Haus. Hab's zwar immer schon vermutet, daß die was miteinander treiben, aber jetzt habe ich Gewißheit.«

»Interessant«, sagte Wronschieck. »Das paßt ja gut mit dem zusammen, was wir über die *Marijett* in Erfahrung bringen konnten. Schrott für Singapur und Japan! Daß ich nicht lache!«

»Was genau der Dicke da mit den Japsen am Basteln ist, weiß ich natürlich nicht.«

»Ist doch alles glasklar!« Marek hob sein leeres Glas. »In Rotterdam werden die Schrottcontainer auf diesen japanischen Frachter geschafft.«

»*Kaiko-Maru* heißt das Schiff«, sagte Wronschieck und hob ebenfalls sein Glas.

Zwei mit einer durchsichtigen Flüssigkeit gefüllte Wassergläser wurden vor Marek und Wronschieck gestellt, die leeren Gläser abgeräumt.

Marek grinste breit. »Und ›Edelmetallschrott‹ heißt es dann in der Zollerklärung – prost!« Marek trank ex.

»Sehr passend«, sagte Gruber, »wenn man bedenkt, was sich unter einer Eisenplatte auf dem Containerboden befindet, ist das nicht einmal richtig gelogen.«

»Prost!« sagte Wronschieck, trank auch sein Glas in einem Zug aus und wischte sich anschließend die Lippen mit dem Handrücken. »Was dem Dicken und seinen japanischen Freunden wohl unsere Fotosammlung wert sein mag?«

»Wenn die Fotos vorhin am Oranienplatz geglückt sind, ist die Sammlung beachtlich an Wert gestiegen«, sagte Gruber. »Aber morgen kassieren wir erst mal den Rest der Knete für die Daimler.«

Zweiundzwanzigstes Kapitel

Für die eine Nacht in Fulda reichte meine kleine Wildlederumhängetasche. Etwas Unterwäsche zum Wechseln, ein Extra-Oberhemd, Strümpfe, ein Buch – das Mitbrinsel für Esbeck aus Potsdam, *Das Holländische Viertel* von U. Schmelz –, mehr benötigte ich nicht für meinen Kurztrip. Katzenkater würde in der Zwischenzeit auch nicht verhungern. Ich stellte ihm eine Riesenportion Brekkies hin und richtete ihm ein zusätzliches Katzenklo im Badezimmer ein. Die Balkontür ließ ich einen Spalt breit offen, damit er die Tauben scheuchen konnte. Für seine Kurzweil war reichlich gesorgt. »Ciao, Monsieur, see you on monday!«

Meinen Wagen hatte sich Schwester Vera bereits abgeholt. Dort, wo ich ihn nachts abgestellt hatte, stand ein anderes Auto.

Dirks Anwaltskanzlei war in einem Bürohaus am Savignyplatz. Ich klingelte. »Ja, bitte?« klang es aus der Gegensprechanlage.

»Ich bin's. Andreas.«

»Warte, ich komm runter. Muß dir aufschließen. Sonntags ist hier niemand im Haus außer mir.«

Ich brauchte keine Minute zu warten. »Na, gestern noch lange auf der Party gewesen?« begrüßte ich ihn.

Dirk verdrehte als Kommentar die Augen und sagte: »Bitte Themawechsel, ich bin, denke ich, sogar noch vor dir aus diesem Irrenhaus weg! – Mal was anderes. Es ist gleich zwölf. Wann geht dein Zug?«

»Erst kurz vor vier. Fünfzehn Uhr achtundvierzig, um exakt zu sein. Du kannst also beruhigt sein, ich habe ausreichend Zeit mitgebracht.«

Dirk hatte ein Zimmer mit Blick auf die S-Bahnbögen. Ein ICE fuhr gerade Richtung Bahnhof Zoo. Dirk rollte einen Bürosessel für mich heran und stellte ihn neben seinen. »Ich hab schon alles rausgesucht.« Er reichte mir ein Bündel Schriftstücke. »Die Vertragssprache ist Englisch und Deutsch. Was mich interessiert, sind die japanischen Briefköpfe, und was die ovalen kleinen Stempel für eine Bedeutung haben.«

»Hmm – die Firma, für die du mit der Treuhand dealst, heißt *Kokubo.*«

»Ja. Stammsitz der Firma ist in Yokohama. Fujita ist der Name des dortigen Zeichnungsberechtigten. Seine Signatur steht nächste Seite unten.« Ich blätterte um.

Dirk tippte auf den gut leserlichen Namenszug.

»Deine Frage, was die kleinen Stempel bedeuten, ist schnell

beantwortet.« Ich deutete auf den Stempel rechts neben der Unterschrift. »Es sind alles Namensstempel. Man unterschreibt in Japan nicht wie bei uns handschriftlich, sondern benutzt behördlich registrierte Stempel.«

»Ach, so ist das. Yasunari Fujita. Den Vornamen habe ich mir gut merken können, weil es mal einen Literaturnobelpreisträger gab, der auch so hieß.«

»Stimmt«, sagte ich. »Yasunari Kawabata. – Aber um auf die Auftragsfirma zurückzukommen: *Kokubo*, *Kokubo*, das kommt mir irgendwie bekannt vor, klingt wie eine Abkürzung. Hast du mal zufällig 'ne Lupe? Die Schriftzeichen im Briefkopf sind mit bloßem Auge schwer zu entziffern.«

»Zufällig habe ich so'n Teil. Sogar beleuchtet! Hier!«

»Danke. Aha! Da hatte ich doch den richtigen Riecher! – Die Schriftzeichen *Koku* und *Bo* sind nur so eine Art Firmen-Logo. Die korrekte Eintragung im Handelsregister Yokohama lautet: *Kokusaiboekikabushikigaisha.* Die Übersetzung davon wäre etwa: Internationale Im- und Export Aktiengesellschaft. Und diese Firma kenne ich sogar sehr gut, weil nämlich *Kokubo* einer der Hauptsponsoren von unserem Kulturinstitut ist.«

»Was ist das für ein Unternehmen?«

»Ich glaube, hat was mit Chemie zu tun, Schotter haben sie jedenfalls reichlich.«

Dirk reichte mir eine Visitenkarte. »Das ist die von ihrem Mann hier in Berlin.«

Mir fiel die Karte fast aus den Händen. Nicht nur ich hatte eine attraktive Nebentätigkeit.

»Was ist los?« fragte Dirk, dem meine Überraschung nicht entgangen war. »Kennst du den Mann etwa?«

»Und ob, mein Lieber. Er ist mein Chef!«

Eine Minute später hatte ich Müller am Apparat.

»... wirklich, Herr Hofmann, das ist ja eine Information höchster Güte, um nicht zu sagen *the missing link*! ... nein, fahren Sie nur nach Fulda, Herr Esbeck soll Ihnen mal in aller Ruhe erklären, was es mit *Kokubo* auf sich hat ... doch, es wäre sehr hilfreich, wenn Ihr Anwaltsfreund uns weiterhin ... wie, am Montag haben Sie sich freigenommen? ... einverstanden, Montag um drei bei mir im Büro am Alex. Gute Reise wünsche ich Ihnen noch!«

Dirk wedelte ungeduldig mit Hashimotos Visitenkarte. »Ich glaube, du schuldest mir eine Erklärung!«

Bis zur Abfahrt meines Zuges war noch eine gute Stunde Zeit. Dirk und ich gingen ins *Dralle's*.

Klaus besorgte den Tresen. »Wie lange wart ihr gestern eigentlich bei Johannes auf der Party, bestimmt nicht bis zehn, richtig?«

»Richtig. Ich hab's schon ab halb zehn nicht mehr ausgehalten«, sagte ich.

»Ich vermutlich nicht mal ganz so lange«, sagte Dirk. »Aber wieso fragst du?«

»Weil ihr es sonst gewußt hättet. – Um genau zweiundzwanzig Uhr zehn hat man Werner nämlich den Daimler geklaut.«

»Hä? Der hat doch eine supermäßige Alarmanlage und Wegfahrsperre auch!«

»Schlüssel«, sagte Klaus. »Man hat ihm in dem abartigen Gedränge, was da geherrscht haben muß, das Schlüsselbund aus der Tasche geholt, die Wagenschlüssel abgemacht, und daran erkennt man, daß es Top-Profis gewesen sein müssen: *Man hat ihm das Schlüsselbund wieder in die Hosentasche zurückgesteckt!*«

Dreiundzwanzigstes Kapitel

»Herr Direktor Fujita erwartet Sie im Bad«, sagte das Mädchen an der Rezeption und verneigte sich anmutig vor einem Rücken, denn der Mann hatte sich kommentarlos umgedreht.

Kurihama fuhr mit einem gläsernen Lift in das Untergeschoß des Hotels, wo die heißen Quellen in verschieden große und tiefe Natursteinwannen geleitet wurden. Ein Badegehilfe nahm ihm den Hauskimono ab und legte Uhr, Unterwäsche und Socken in einen lackierten Weidenkorb mit seiner Zimmernummer. Er gab ihm ein weiches Frotteehandtuch, das den Aufdruck *Hakone Prince Hotel* trug. Kurihama betrat den marmorgetäfelten Vorraum zur Badehalle und reinigte sich sorgfältig. Der Badegehilfe assistierte ihm beim Abseifen und übergoß ihn dann minutenlang mit warmem Wasser aus einem Bambusbottich, bis auch wirklich der allerletzte Seifenrest abgespült war. Das Hotelhandtuch um die Hüften geschlungen, betrat Kurihama die riesige Badehalle. Er entdeckte Fujita im Amazonasbecken, seinem Lieblingsbadebecken. Neben Fujita schwamm ein Korktablett. Das Tablett hatte die Form einer Kriegsdschunke und transportierte eine hölzerne Sakeschale und ein Funktelefon. Kurihama faltete das Handtuch, legte es an den Beckenrand und glitt langsam in das heiße Wasser.

»Wenn du auch einen geeisten Sake haben willst, wählst du einfach die Drei und die Vier.«

»Muß jetzt nicht sein«, sagte Kurihama und räkelte sich wohlig. »Was gibt es Neues aus Berlin?«

Fujita wiegte den Kopf bedächtig hin und her. »Es ist am Werden.«

»Kannst du ausnahmsweise einmal nicht in Rätseln sprechen?«

Fujita schaute Kurihama verständnislos an und sagte: »Klarer geht es doch kaum auszudrücken: *Es ist am Werden.* – Der Vertrag über den Kauf der Immobilie in Berlin-Mitte ist unterschriftsreif, falls dir diese Formulierung mehr zusagt. Hashimoto wird die Angelegenheit in den nächsten Tagen unter Dach und Fach bringen. Danach werde ich, Hauptsponsor des Kulturinstituts Berlin, ihn als Direktor eines in Warschau zu gründenden Kulturhauses vorschlagen – eine Einrichtung, die natürlich hauptsächlich von *Kokubo* finanziert werden wird.«

»Und dann folgen vermutlich eine japanische Sprachschule in Moskau, ein Institut zur Förderung der Teezeremonie in Prag und ein Kabukitheater in Riga. Und überall wird *Kokubo* auch eine Dependance oder Filiale aufbauen, bis wir ein perfektes Netz über ganz Osteuropa gelegt haben. Mit Berlin als Zentrale. Richtig?«

»So in etwa, ja.«

»Zzaaa«, Kurihama preßte die Zähne zusammen. »Wenn uns das wirklich gelingt, sind wir die ersten Japaner auf dem ehemaligen Ostblockmarkt – falls die lokalen Mafiaorganisationen uns nicht dazwischenfunken.«

Was Fujita von diesen Organisationen und deren Fähigkeit *dazwischenzufunken* hielt, tat er durch eine wegwischende Handbewegung kund. »Eins nach dem anderen, mein lieber Kurihama! Erst wird klammheimlich eine solide Infrastruktur geschaffen, und dann erst werden wir die Konkurrenz beseitigen. Hat sich doch bisher immer bewährt, dieses Rezept, oder?«

VIERUNDZWANZIGSTES KAPITEL

Der Ausdruck ›Himmel und Menschen‹ beschrieb treffend den Zustand, der in Niederfinow herrschte. Das milde Herbstwetter hatte wahre Heerscharen von Besuchern angelockt. Der riesige Parkplatz neben dem Schiffshebewerk reichte nicht mehr aus, um alle Fahrzeuge aufzunehmen. Selbst die Zufahrtsstraßen waren kilometerweit zugeparkt.

Willem van Grootern hatte Gruber erst nach langem Suchen entdeckt, als der seinen Motorradhelm abgenommen und am Imbißstand neben der Parkplatzeinfahrt eine Bockwurst mit Kartoffelsalat gegessen hatte. Gruber hatte darauf geachtet, daß der Windschutz der Würstchenbude ständig zwischen ihm und Harry war. Daß er während seiner Fast-Food-Nahrungsaufnahme aus annähernd vierzig Meter Höhe beobachtet wurde, konnte er nicht ahnen.

Van Grootern stand mit einem Fernglas bewaffnet inmitten von Sonntagsausflüglern auf der obersten Besucherplattform des Schiffshebewerks Niederfinow. Unten auf dem Parkplatz bekam Harry gerade von Marek eine Sammlung von Autoschlüsseln ausgehändigt. Wronschieck wartete in Grubers Trans Am vor der Einfahrt des Parkplatzes. Die drei großen Mercedes-Limousinen fielen in der Masse der Autos überhaupt nicht auf, selbst der quittegelbe 600er nicht. Gelbe Autos gab es auf dem Parkplatz reichlich, darunter auch noch andere Daimler. Marek zeigte Harry, wo die Autos abgestellt waren.

Harry ging langsam um jedes der Fahrzeuge. Als er den 600er umrundete, blieb er stehen und deutete auf die Kofferraumhaube. Marek zuckte mit den Achseln. Harry gab ihm einen

Umschlag, und Marek stieg zu Wronschieck ins Auto. Der Trans Am fuhr Richtung Oderberg davon. Harry setzte sich in den 600er. Zwei Männer stellten sich neben den Wagen. Das Fahrerfenster wurde herabgelassen. Harry reichte etwas aus dem Wagen. Die Männer nickten. Harry klopfte auf seine Armbanduhr. Die Männer nickten erneut. Harry rollte zur Parkplatzausfahrt. Der Motorradfahrer trat seine Maschine an und stülpte sich den Helm über.

Van Grootern hängte sich das Fernglas um und folgte einer Touristengruppe zum Lift. Man konnte auch enge, steile Treppen hinuntersteigen, aber das wollte Willem van Grootern sich nicht antun.

*

»Sie haben sich bei der Beschattung abgewechselt.«

Harry beträufelte die Austern mit Zitronensaft. »Gruber ist hinter Zerpenschleuse an mir vorbeigebraust, und die Pollacken haben übernommen.« Er griff in die Hosentasche und legte ein längliches Lederetui auf den Tisch. »Sie haben an einer Tankstelle auf uns gewartet.« Er zog ein Taschenmesser aus dem Etui und öffnete es. »Natürlich haben sie immer ein paar andere Fahrzeuge zwischengelassen, aber ich bin ja nicht blind.« Er prüfte die Schärfe der Messerklinge an einem Zahnstocher aus und nickte befriedigt. »Gruber wird etwa zehn Minuten bis eine Viertelstunde vor uns am Kanal gewesen sein.« Er nahm eine der Austern und schlürfte das Wasser, dann löste er das Fleisch mit einer Gabel und kaute genießerisch. »Ah, ganz vorzüglich! Meine erste Auster der Saison.« Er nahm das Taschenmesser und löste den Muskelsockel von der Schale. »Bei mir kommt nichts um!«

Van Grootern hatte seine Vorspeise bereits verzehrt. »Du gestattest?« Er nahm sich eine Auster. »Alle Achtung, wirklich ausgezeichnet. Sind das Bélon?«

»Keine Ahnung, jedenfalls sind sie super.«

Van Grootern nickte zustimmend und winkte einen Kellner heran. »Wäre es möglich, mir vor dem Hauptgang noch ganz schnell ein Dutzend ...?«

»Subito, dottore, subito!« Der Kellner rannte davon.

Harry grinste van Grootern an. »Eine habe ich bei dir gut.«

»Genehmigt«, sagte van Grootern. »Haben die anderen eigentlich was gemerkt, daß man euch verfolgt hat?«

»Ich denke, nein. Jedenfalls haben sie nichts gesagt.«

»War schon riskant, einfach zwei Studenten für den Überführungsjob anzuheuern.«

»Pah!« sagte Harry. »Für die war das ein Job wie jeder andere. Ich habe ihnen noch ein gutes Trinkgeld gegeben und ihnen versprochen, sie wieder anzurufen, demnächst unter Umgehung der Agentur. Keine Sorge, Willem, die haben nichts gerochen.«

»Es wird kaum ein nächstes Mal geben, Harry.«

»Ich fürchte auch«, sagte Harry. »Bin gespannt, wann Gruber endlich die Katze aus dem Sack läßt.«

»Ewig wird es nicht mehr dauern«, sagte van Grooter.

Fünfundzwanzigstes Kapitel

Der ICE erreichte Fulda pünktlich um 19 Uhr 41. Esbeck erwartete mich. Wir hatten uns eine Ewigkeit nicht mehr gesehen. Ich stellte meine Tasche ab, wir umarmten uns zur Begrüßung.

»Willkommen, Andi!«

»Toll, dich mal wieder zu sehen, Klaus. Laß dich anschauen. Hmm – mit Vollbart, hat wahrscheinlich seine Vorteile in der kalten Jahreszeit.« Ich kannte Esbeck annähernd zwanzig Jahre. Einen Bart hatte er meines Wissens nie getragen. »Aber das Leben in der Provinz, fernab von allem hektischen Großstadttrubel scheint dir ja ansonsten prächtig zu bekommen. Siehst blendend aus, mein Lieber.« Ich machte ihm kein bloßes Kompliment. Er sah wirklich gut aus. Keine Spur von gestreßt. Esbeck wirkte auf mich, als käme er gerade aus einem äußerst erholsamen Urlaub. Seine Kleidung wirkte auch nicht, als hätte er sie bei seinem Dorfschneider in Auftrag gegeben. Ich vermutete, er hatte sie eher in London erworben. Der Regenmantel mit dem Seidenfutter mußte ein kleines Vermögen gekostet haben, und der Anzug aus Harris-Tweed war bestimmt nicht von der Stange.

Klaus Esbeck grinste und zupfte an seinem Bart. »Manchmal schon recht praktisch, so ein Vollbart. Tja, Fulda und Umgebung! – Nicht wahr? Man spürt es sofort, wenn man ankommt: Hier gehen die Uhren ein wenig langsamer als bei euch in Berlin, aber mir sagt es zu.«

Ich schulterte meine Reisetasche. »Brauchen wir ein Taxi zum Hotel, oder können wir zu Fuß hin?«

»Es ist wirklich nicht weit. Ich habe uns eine stilvolle Bleibe in der Altstadt besorgt. Wenn ich, was selten vorkommt, in Fulda übernachten muß, steige ich meistens dort ab. Laß uns die paar Schritte ruhig laufen. Oder ist deine Tasche sehr schwer?«

»Nicht der Rede wert. Bißchen Wäsche, ein Buch – ist dir zugedacht, ich geb's dir später –, sonst nichts.«

»Eins kann ich dir jetzt schon verraten, Andi! Die Küche, die sie da in unserem Hotel pflegen, wird dich begeistern. Nach dem Essen trinken wir dann noch ein paar Bocksbeutel in einem urigen Gewölbekeller in der Nähe vom berühmten Fuldaer Dom. Tisch ist schon bestellt.«

»Hört sich alles sehr, sehr gut an. Ich habe im Zug auch extra gefastet.«

Der *Goldene Karpfen* war ein Haus der *Romantik*-Hotelkette, von einer übersichtlichen Größe, wie ich es liebe, weil der Service dann meist persönlicher ist als in den ganz großen Häusern. Esbeck nannte an der Rezeption unsere Namen. Ein Page wies uns den Weg zu unseren Zimmern. Sie lagen im ersten Stock und gingen zur Gartenseite. Ich duschte rasch und zog mir ein frisches Oberhemd an. Zur Feier des Tages hatte ich eine von meinen englischen Krawatten mitgenommen. Kleine, zartrosa Elefanten auf dunklem Grund, passend zu meinem grauen Blazer.

Esbeck wartete schon im Restaurant auf mich. Als er mich bemerkte, klappte er die Speisekarte zu und reichte sie mir. »Ich weiß schon, was ich nehme.«

»Laß raten.« Ich ging die Hauptgerichte durch. »Die Flugente mit Maronen-Gnocci? Nein? Dann wahrscheinlich den gegrillten halben Hummer!«

»Du hast fast richtig getippt. Ich werde mich an die gemischte Mittelmeer-Fischplatte halten. Bei mir im Dorf gibt es nur Forellen in Hülle und Fülle und zu Silvester Karpfen.«

»Deine Einsiedelei in der Rhön verläßt du wohl nur selten?«

Esbeck sah mich merkwürdig an und sagte: »Höchst selten. Zu meiner eigenen Sicherheit.«

»Ich verstehe nicht recht ...«, protestierte ich. »Was um Himmels willen willst du mir damit ...«

Esbeck unterbrach mich, indem er mir beide Hände auf die Schultern legte und mir fest in die Augen schaute. »Geduld, Andi. Laß uns erst in Ruhe essen. Ich verspreche dir, danach, zum Beispiel bei einer Flasche Würzburger Stein, alles ganz genau und ausführlich zu erklären, alles! – Okay?«

»Müller hatte angedeutet, daß du …«

»Bitte, nach dem Essen, Andi, bitte!«

Ich seufzte. »Einverstanden!«

»Sehr vernünftig von dir!« Esbeck lächelte mich an. »Eine Vorspeise gefällig? Sie bereiten hier übrigens ganz vorzügliche *Terrines* …«

Das Menü, das wir uns nach langem Hin und Her zusammenstellten, war so gut, daß wir kaum miteinander redeten. Es war eine first-class-Eßmeditation mit integrierter Weinreise. Als nach dem Obst- und Käseteller – französischer Rohmilchkäse, nicht der homogenisierte, pasteurisierte, plastikverschweißte Synthetikbrotbelag aus deutschen Landen –, als noch Cognac und Espresso serviert wurde, ließ ich mir eine Schachtel Zigaretten bringen.

»Schreiben Sie ruhig alles von heute abend auf meine Zimmernummer, Fräulein«, sagte Esbeck und zündete sich eine voluminöse *Davidoff* an. Am Hungertuch nagte er offensichtlich nicht. »So, mein Lieber. Mit einer ordentlichen Grundlage im Bauch läßt es sich viel besser reden. – Müller hat dir ja schon einige zarte Andeutungen gemacht.«

»Zart? Na, ich weiß nicht recht! Er hat die Vermutung geäußert, daß die japanische Mafia dabei ist, sich fest in Deutschland zu etablieren.«

Ich erzählte ihm von den Autodiebstählen in Berlin, und daß eine Menge von diesen Wagen später in Japan aufgetaucht waren. Er hörte mir schweigend zu, unterbrach mich erst, als der Name *Kokubo* fiel.

»*Kokubo* sponsert Kulturinstitute?« Er lachte trocken. »Weißt du, was das für eine Firma ist? – Es ist das größte Geldwaschunternehmen der Yakuza, das mir bekannt ist! Jeder in Japan weiß das. Die Justiz, die Polizei, die Wirtschaft. Und keiner macht was dagegen. Hier und da mal ein Bußgeldbescheid wegen unerlaubten Parkens oder nicht vorhandener Feuerlöscher im Heizungskeller. – Wenn es hoch kommt, eine Geldstrafe von ein paar hundert Mark, weil Chemieabfälle in einen Bach eingeleitet wurden. Mehr passiert nicht. Niemand in Japan, niemand wagt, sich ernsthaft mit der Yakuza anzulegen. Glaub mir, Andi, ich weiß genau, wovon ich rede. *Kokubo* und Kultursponsoring, das ist ja fast schon wieder komisch!«

»Aber in Deutschland muß es doch möglich sein, gegen sie vorzugehen.«

»Und wie steht es mit handfesten Beweisen? *Kokubo* ist ein legaler Investor, mit allen nur denkbaren Gütesiegeln der Yokohama Industrie- und Handelskammer versehen, solvent, was die Treuhand besonders zu schätzen weiß, Kultursponsor obendrein, der sich die Völkerverständigung etwas kosten läßt. Nein, Andi. Die Art von Yakuza, die sich jetzt im Ausland tummeln, sind mit allen Wassern gewaschen. Ich möchte wetten, dieser Hashimoto hat sogar einen Diplomatenpaß. – So, vorerst genug monologisiert. Laß uns mal die Lokalität wechseln. Sich nach so einem Essen die Beine zu vertreten, kann nicht schaden.«

»Willst du noch in den Gewölbekeller, von dem du sprachst?«

»Ja. Wenn man schon in Fulda ist, sollte man mindestens einmal im Schoppenkeller gewesen sein.«

Auf dem Weg zum Schoppenkeller begegneten wir kaum Menschen auf der Straße. Wir überquerten den Domplatz.

»Sonntagabend ist hier nicht gerade der Bär los.«

»Außer wenn Messe ist. Fulda ist nämlich sehr fromm.«

»Das hat sich selbst bis nach Berlin rumgesprochen. Die haben doch so einen Oberhirten hier, der konservativer sein soll als der Papst. Deuba oder so. Bischof seines Zeichens.«

»Konservativer als der Papst geht zwar kaum, aber dieser Bischof ist es vermutlich. Und im übrigen heißt er Dyba. Hier wohnt er.«

»Beste Lage für den Bischof«, sagte ich, als wir durch das Paulustor schritten und ich auf einer Mauer das grüne Reklameschild mit der Weinrebe entdeckte. »Der Herr Bischof wohnt auf den Meter genau zwischen Dom und Schoppenkeller.«

Esbeck war mit Sicherheit nicht das erstemal im Schoppenkeller. Die Beleuchtung im Raum war angemessen schummrig für ein Weinlokal. Der Wirt begrüßte ihn mit Namen und führte uns zu unserem Tisch: einem Weinfaß. Er zündete eine Kerze an. »Wie immer?«

»Hättest du Einwände gegen eine trockene Spätlese?«

»Nicht im geringsten«, sagte ich und studierte die Karte. »Du meinst den Würzburger Stein vom Bürgerspital?«

»Ich glaube, mein Herr, Herr Esbeck hat in diesem Gewölbe noch nie etwas anderes als Frankenwein getrunken.«

›Dann‹, dachte ich, ›geht es meinem Freund ja finanziell wirklich blendend. Die trockenen Franken-Spätlesen haben nämlich ihren Preis!‹

»Und bringen Sie uns bitte auch was zum Knabbern.«

»Ich habe gerade Laugenbretzelrohlinge im Ofen. In ein paar Minuten sind sie fertig.«

»Sehr gut, bringen Sie jedem von uns am besten gleich zwei.« Der Wirt notierte die Bestellungen und reichte sie der Frau hinter dem Tresen.

Esbeck sagte: »Alte Angewohnheit, noch aus Japan. Nie Alkoholisches trinken, ohne was dazu zu essen.«

»Mir geht es genauso«, sagte ich und schaute umher. »War das mal ein Weinlager?«

»Ja, im Nachbargewölbe liegen noch die Fässer.«

Der Wirt entkorkte die Flasche, und Esbeck verkostete. Er tat es mit Kennermiene, schlürfte und schnüffelte adäquat dazu und sagte dann: »Ah, Steinwein! Und Riesling! Der olle Goethe wußte schon, warum er sich täglich ein paar Fläschchen davon genehmigte.«

Wir stießen an.

Und dann erzählte mir Esbeck die Geschichte, wie er zusammen mit Müller dem Direktor von *Kokubo* ein gestohlenes Mondrian-Gemälde abgejagt hatte.

»... ich stehe immer noch ganz oben auf seiner Abschußliste, Andi. Deshalb bleibe ich lieber noch ein, zwei Jahre auf Tauchstation in einer Weltgegend, wo ein Asiate schon auffällt, wenn er lediglich *in die Nähe* der Dorfgrenze gelangt, geschweige denn, wenn er Erkundigungen über mich einholen sollte. Das gilt natürlich auch für Nicht-Japaner. Kannst dir kaum vorstellen, wie gut die Buschtrommeln bei mir im Dorf und Umgebung noch funktionieren!«

»Du willst mir doch nicht weismachen, die Yakuza würden dich bis hierher nach Deutschland verfolgen?«

»Wenn sie einen Anhaltspunkt hätten, wo ich mich befinde, würden sie alles dransetzen, mich zu liquidieren. Ob in Kanada, auf einer griechischen Insel – oder in der Rhön. Direktor Fujita, oberster Boß der Yokohama-Yakuza, hat damals wegen Müller und mir – *zweier Ausländer wegen!* – in der Mafia-Welt das Gesicht verloren, und du weißt, was das schon für einen Durchschnittsjapaner bedeutet.«

»Das sind ja blendende Aussichten. Mit diesen Leuten soll ich mich also in Zukunft anlegen. Na, prost Mahlzeit.«

»Es sind Menschen, die wirklich vor nichts zurückschrecken, sei dir dessen stets bewußt, Andi, und sie vergessen einem nie, wenn man sie einmal ausgetrickst hat.«

»Du rätst mir also, mit anderen Worten, davon ab, für die Kulanz-AG zu arbeiten?«

»Ich will dir bloß – im wörtlichen und übertragenen Sinn«, er griff nach dem Bocksbeutel, »reinen Wein einschenken, was dich gegebenenfalls erwartet.«

»Eine Kugel? Ein Autounfall? Eine Zeitungsnotiz: ›Er-war-doch-ein-so-guter-Schwimmer‹? – Oder was?«

Esbeck schenkte uns nach. »Eine erkannte Gefahr ist bekanntlich bloß noch eine halbe Gefahr. Außerdem ist es natürlich ein immenser Unterschied, ob man sich mit der Yakuza in ihren angestammten Gefilden beharkt oder hier in Deutschland. – Nein, Andi, ich rate dir keineswegs davon ab, denen von der Versicherung behilflich zu sein. Ist ja auch nicht für umsonst, wie ich den Laden kenne. Und Müller ist ein ausgezeichneter, vor allen Dingen – verläßlicher Mann. Das kann ich dir nur immer wieder bestätigen.«

»Ihre Honorare lassen sich in der Tat sehen. Montag sollen die ersten dreißig Riesen auf mein Konto eingezahlt werden. Und die sind lediglich als Abschlagssumme gedacht.«

»›Am Golde hängt, zum Golde drängt doch alles, ach, wir Armen!‹« deklamierte Esbeck und lachte faustisch. »Nein, Andi! Man muß ja vielleicht nicht immer an das Schlimmste denken. Wie klappt die Zusammenarbeit mit der Berliner Polizei?«

»Müller hat sehr gute Drähte zu dem SoKo-Chef, der für organisierten Autoklau zuständig ist. Er kennt dich übrigens vom Aikido. Das heißt, kennen ist vielleicht übertrieben. Er sagte mir, er hätte ein-, zweimal mit dir zusammen in Berlin trainiert. Er hat bei Schwester Vera gelernt. Binder heißt er, Thomas Binder, ist Hauptkommissar. Ich treffe ihn jeden Freitag in der Fortgeschrittenenstunde. Er hat den zweiten oder dritten Dan, ist ein kräftiger Bursche, dieser Binder.«

»Binder? Binder? Der Name sagt mir nichts, aber das muß nichts bedeuten. Das könnte gewesen sein, als ich damals nach der Mondrian-Affäre Schwester Vera in Berlin besucht habe. Wie geht es ihr übrigens? Sie hat ja mordsmäßig Karriere im Verband gemacht. Sie ist jetzt eure Landestrainerin, habe ich neulich irgendwo gelesen.«

»Ja. Sie wurde zu Jahresbeginn Landestrainerin und hat postwendend aus Japan den sechsten Dan bekommen. – Trainierst du eigentlich noch? Siehst ganz fit aus, wird ja nicht nur von der frischen Landluft herrühren.«

»Aikido mach ich im Moment nicht mehr. Das nächste Dojo ist hier in Fulda, aber die Stilrichtung sagt mir nicht besonders zu. Sie erzählen hier ständig von *ki* und meditieren mir zuviel, wenn du verstehst, was ich meine. Dafür ist mir der Weg zu aufwendig. Nein, im Sommer wandere ich viel, Skifahren im Winter, und ich trainiere immer noch regelmäßig im örtlichen Schützenverein. Jagdberechtigung habe ich auch, aber mir ging es mehr darum, ganz legal eine Waffe besitzen zu dürfen.«

»Verstehe, du wohnst wahrscheinlich recht abgelegen und hast ja da ein kleines Problem ...«

»Treffend erkannt, mein Lieber. – Ganz nebenbei, wollen wir beim Riesling bleiben? Ja?« Esbeck winkte den Wirt heran. »Herr Schmidt, bitte bringen Sie uns bitte noch eine vom *Stein*!«

»Sehr wohl, die Herren!« Er räumte die leere Flasche ab.

»Was treibt eigentlich Tron so? Ihr hattet doch immer Kontakt miteinander.«

Ich erzählte von meiner letzten Reise nach Oslo.

Wir sollten an diesem Abend bis spät in die Nacht hinein noch über viele Bekannte und Freunde sprechen, bevor wir endlich ins Hotel zurückwankten.

Am nächsten Morgen hatten weder Esbeck noch ich einen Brummschädel. Das war ein mittleres Wunder bei der Menge Wein, die wir getrunken hatten, aber Qualität zahlt sich eben aus. Bei einem ausgiebigen Frühstück sah ich meine Nebentätigkeit für Müller nicht mehr ganz so problematisch wie am Tag zuvor.

Esbeck pflichtete mir bei: »Wie gesagt, erkanntes Risiko ist bloß noch halbiertes Risiko.«

Er brachte mich noch zum Zug. Als der ICE in den Bahnhof rollte, drückte er mir einen schweren A4-Umschlag in die Hand und zog einen Bocksbeutel aus einer seiner bodenlosen Manteltaschen. »Ich habe meine Erinnerungen an gewisse Geschehnisse in Japan in ein paar Mußestunden aufgeschrieben und ›Esbeck und Mondrian‹ betitelt. Der Wein ist als Lesehilfe gedacht, falls die Lektüre langweilig zu werden droht.«

Esbeck grinste mich an. »Paß bitte auf, daß dieses Manuskript Herrn Hashimoto nicht in die Hände fällt. Das wäre sehr, sehr peinlich.«

Sechsundzwanzigstes Kapitel

Willem van Grootern hatte im KaDeWe einen Krabbencocktail zum Frühstück gegessen und sich ein Gläschen Champagner dazu genehmigt. Anschließend hatte er sich mit einer größeren Sammlung von Fortnum & Mason-Tees eingedeckt. Als er im Taut-Haus eintraf, war Harry schon im Büro, frisch rasiert und gut gelaunt. »Morg'n, Herr Direktor, verschlafen?«

»Ih, bewahre. Bin doch ein notorischer Frühaufsteher. Nein, ich war noch etwas besorgen. Aber schau mal, was bei mir heute morgen endlich im Briefkasten lag. Fast hätte man schon denken können, sie hätten es aufgegeben, uns melken zu wollen. Ist nicht mit der Post gekommen. Lauter bunte Bilder.«

Van Grootern schob Harry einen Stapel Fotos über den Schreibtisch.

Harry nahm sich Zeit mit dem Ansehen, dann sagte er: »Ein sehr gelungenes Bild von dir ist dabei: Willem, der Angler in den neuen Bundesländern. Wie du leibst und lebst! Gruber und seine Polacken-Hiwis hätten Fotografen werden sollen.«

»Du machst auch keine schlechte Figur auf der *Marijett* und am Steuer eines quittegelben Daimlers. Wo um Himmelswillen hat er denn so schnell Farbabzüge machen lassen?«

»Keine Ahnung, aber ich glaube, es gibt einen Rund-um-die-Uhr-Service irgendwo am Bahnhof Zoo. – Am besten ist Gruber aber die Unterschrift zu ihrer aller Todesurteil gelungen.« Harry fischte sich ein Foto aus dem Stapel. »Ja, wie hat er das bloß angestellt, in der Dunkelheit, ohne Blitz. Du und Hashimoto, ihr seid gestochen scharf drauf.«

Van Grootern nahm sich das Foto und nickte. »Ein Bild, das einmal sehr unangenehme Beweiskraft haben könnte.«

»Kein Brief, keine Forderungen, kein Ultimatum? Bloß die Fotos?«

»Kannst Gift drauf nehmen, ihre Bedingungen nennen sie uns schon.«

»Wer informiert Hashimoto?«

»Das übernehme ich«, sagte van Grootern. »Denk du derweil schon mal über das Trio nach.«

»Mit Vergnügen, Willem, mit Vergnügen!«

»Aber bitte nichts allzu Rohes, Harry. Was Poetisches oder von mir aus auch was Akrobatisches wäre mir lieber. Bitte nicht diese uninspirierenden Knüppel-aus-dem-Sack-Aktionen à la Gruber und Co. Bitte!«

Harry erwiderte bloß: »Willem, du vergißt andauernd, ich habe mein Abitur mit Auszeichnung bestanden. Eine Eins hatte ich in Kunst und eine in Musik. Hab doch ein klitzekleines Fünkchen Vertrauen in meine schlummernden Fähigkeiten. – Säuft Gruber auch so viel wie Marek und Wronschieck?«

»Nein, lange nicht. Warum?«

Harry stand auf und trat ans Fenster. Seine Augen nahmen einen verklärten Ausdruck an. »Ach, ich hätte da so eine Idee, braucht zwar ein bißchen Vorbereitung, aber ...«

Das Telefon läutete. Van Grootern hob ab.

»Hallo, hier spricht Gruber.«

Van Grootern drückte auf die Raumtontaste. Harry setzte sich wieder.

»Van Grootern, hören Sie mich?«

»Ja, Gruber. Sie sind gut zu verstehen. Was gibt's?«

»Haben Sie heute bereits zu Hause in Ihren Briefkasten geschaut?«

»Habe ich, Gruber. Ich nehme an, Sie wollen deswegen einen Termin bei mir machen.«

»Ich hatte nicht vor, mir von Ihnen einen Termin geben zu lassen. *Ich* diktiere ab jetzt die Termine.«

»Ok, ok, Gruber, war nicht so gemeint. Wann paßt es Ihnen denn?«

»Ich bin am Dienstag, also morgen, vormittags um Punkt elf

bei Ihnen im Büro. Es wäre sehr unklug, falls Sie mich versetzen würden, van Grootern!«

»Das ist mir klar. Ich werde da sein und Ihnen einen interessanten Vorschlag machen.«

»Ein und für alle mal, van Grootern: wenn hier ab jetzt einer Vorschläge macht, bin ich das, verstanden!« Gruber legte auf.

»Diese miese Ratte wagt es doch echt, uns zu erpressen«, sagte Harry. »Ich könnte ihn ...«

»Du darfst ja, Harry! Aber laß ihn doch ruhig erst mal antanzen und erzählen, was er auf dem Herzen hat«, sagte van Grootern. »Und vergiß bitte nicht: nix Prollmäßiges mit Beil oder so!«

Siebenundzwanzigstes Kapitel

Ich hatte Esbecks Aufzeichnungen auf der Bahnfahrt nach Berlin ausgelesen und machte mir so meine Gedanken. ›Esbeck und Mondrian‹ hatte mein Freund seinen literarischen Erguß betitelt. Er hätte sein Werk auch genausogut ›Wie ich um Haaresbreite den Yakuza-Killern entkam‹ nennen können. Die Mafia-Organisation, deren Struktur und Handlungsweise er detailliert beschrieb, erschien mir annähernd omnipotent. Ich ertappte mich dabei, daß ich beim Lesen vor Anspannung an den Fingernägeln kaute. Das hatte ich vermutlich das letzte Mal während der Abiturprüfung gemacht, als ich die Mathematiklösungen, die mir mein Nachbar auf dem Klo versteckt hatte, nicht entziffern konnte. Irgendwie müßte es dennoch möglich sein zu beweisen, daß Hashimoto an der Autoschieberei nach

Asien beteiligt war. Aber wie? Der Erwerb einer Immobilie war nicht strafbar, und der Nachweis, daß es sich um japanisches Drogengeld handelt, war unmöglich, solange niemand in Japan selbst gegen *Kokubo* vorzugehen wagte. Blieb also wirklich bloß der Autoschmuggel, um die Yakuza in Berlin auszubremsen. Beweise, hieb- und stichfest, mußten her. Die Tatsache, daß Hashimoto sich nachts mit van Grootern in seinem Büro getroffen hatte, würde jedem Haftrichter allenfalls ein müdes Lächeln entlocken.

Ich fuhr vom Bahnhof Zoo mit der S-Bahn bis zum Alexanderplatz. Von Döblins *Berlin Alexanderplatz* existierte vermutlich bloß noch der S-Bahnhof und ansonsten kein Fitzel mehr. Wohin man auch sah: Plattenbauten, Plattenbauten, Plattenbauten.

Müllers Versicherungsgesellschaft residierte in einem Hochhaus in der Nähe der *Berliner Zeitung*. Müller holte mich von der Pförtnerloge ab. Überall wurde unablässig gebaut. Auf der Straße, in der Eingangshalle, auf den Fluren und in den Büros. In Müllers Zimmer wurde gerade eine neue Telefonanlage installiert und gleichzeitig der Teppichboden ausgewechselt. Eine Frau – Müllers Sekretärin? – hämmerte auf einer altmodischen Schreibmaschine.

»Ich verschwinde mit Herrn Hofmann auf eine halbe Stunde im kleinen Sitzungszimmer. Sind das die neuesten Unterlagen für mich?«

Die Frau nickte, ohne vom Schreiben abzulassen.

Müller griff nach einem schlanken, roten Aktenordner. »Nächste Woche spendiert man uns eine Macintosh-Datenanlage vom Typ *Übermorgen*. Bis dahin muß unsere mittelalterliche Bürotechnik ausreichen.«

Der kleine Sitzungssaal atmete noch viel Plaste-und-Elaste-

Charme aus. Wo man jetzt ein helles Viereck auf der vergilbten Tapete sah, mochte der verflossene Staatsratsvorsitzende gehangen haben.

Ich hob fragend die Augenbrauen.

»Ja«, sagte Müller, »dort hing wahrscheinlich der Genosse Mielke. – Jetzt sitzt er. Nach der Renovierung werde ich dafür sorgen, daß immer ein Bild des jeweiligen Kulanz-Aufsichtsratsvorsitzenden in allen Zimmern hängt.«

»Mielke? Nicht der Erich? Wer war denn vor der Wende in diesem Gebäude?«

»Der Raum, Herr Hofmann, in dem wir uns augenblicklich befinden, gilt als absolut abhörsicher.«

»Mich gruselt's«, sagte ich. »Doch nicht etwa das Ministerium für Staatssicherheit?«

»Doch, genau das. Eine sogenannte Außenstelle«, sagte Müller. »Hier, in genau diesem Zimmer, war eine Kfz-Überwachungszentrale für die Wagen ausländischer Diplomaten und ihrer Angehörigen untergebracht.«

»Dann sitzen wir ja als quasi historische Nachfolger einer Stasi-Dienststelle auf diesen geblümten Oma-Sesseln richtig. Um Autos geht es uns doch auch.«

»Das könnte man durchaus so sehen.« Müller schlug den Aktenordner auf. »Wie war Ihr Aufenthalt in Fulda?«

»Informativ, besonders Esbecks schriftliche Aufzeichnungen.«

Müller legte ein Briefcouvert als Lesezeichen in den Aktenordner und schloß ihn, faltete die Hände und stützte die Ellenbogen auf den Tisch. »Ich finde, er hat in seinem Text meine Mitwirkung bei der Lösung des Mondrianproblems viel zu positiv dargestellt.«

»Sie kennen sein Manuskript ›Esbeck und Mondrian‹?«

»Ich war meines Erachtens der erste Leser dieses Werks, Herr

Hofmann. – Gut, Sie wissen also jetzt, mit wem wir es am Oranienplatz zu tun haben.«

»Esbeck hat mich voll über die *Kokubo*-Machenschaften in der Vergangenheit ins Bild gesetzt.«

»Dann wollen wir uns flugs der Gegenwart widmen.« Er öffnete den Aktenordner an der Stelle, wo das Lesezeichen herausragte. »Während Sie weg waren, ist noch ein Wagen gestohlen worden. In Kreuzberg. Die Handschrift der Täter war eindeutig. Es handelt sich mit Sicherheit wieder um die unserer Freunde. Die Wagenschlüssel wurden dem Besitzer nämlich wie üblich von einem Taschendieb abgenommen. Es war ein sehr teurer S 600, quittegelb, mit lindgrünen Ledersitzen. Der Besitzer des Wagens heißt ...«

»... der Besitzer des Wagens heißt Werner Dralle, und im Kofferraum ist ein Tresor installiert. In diesem Tresor befindet sich eine wertvolle Antiquität: ein tönerner Himmler im Däumlingsformat.«

Müller starrte mich eine Sekunde mit offenem Mund an, dann faßte er sich wieder und klatschte in die Hände. »Bravo! – Donnerwetter, klingt ja fast so, als hätten Sie den Daimler selber geklaut!«

Ich klärte ihn über meine Beziehung zu Werner Dralle auf.

Müller zeigte mir daraufhin eine Fotomappe. Alles Porträts von Männern um die vierzig Jahre alt. »Erkennen Sie jemanden? Herr Dralle meint, eine von diesen Personen wäre auf der Party am Paul-Lincke-Ufer gewesen.«

Ich erkannte den Mann, dem ich im *Dralle's* das Bierglas umgeworfen hatte, sofort: »Der hier ist es, einwandfrei!«

Müller nickte. »Interessant. Das ist auch der Mann, den mir Herr Dralle benannt hat. Meine Leute haben daraufhin in der Szene herumgehorcht. Man hat für diesen Glatzkopf in einschlägigen Kreisen verschiedene Spitznamen. ›Sternchen-Gruber‹ wäre einer.«

»Und wie nennt man ihn außerdem noch?«

»Man nennt ihn auch den *Blitzer*, weil er mit Sprengstoffen umzugehen weiß, besonders mit Blendgranaten. Ein paar meiner Leute haben diesbezüglich bereits schmerzliche Erfahrungen gemacht. Sie können es kaum erwarten, Gruber endlich in die Finger zu bekommen.«

»Wie wollen wir jetzt weiter vorgehen? Was vor allen Dingen soll ich konkret unternehmen?«

Müller zeichnete mit einem Kugelschreiber mehrere Kreise auf ein Blatt Papier. »Wir haben folgendes Problem. Einmal haben wir die Beschaffer an der Basis, das sind der Glatzkopf und seine Leute; alleine arbeitet der garantiert nicht.« Müller schraffierte einen Kreis vertikal. »Dann gibt es irgendeine Art von Zwischenhändler oder Organisator, einer, der die Wagen außer Landes schafft. Das muß Ihr Büronachbar von der *Snelvracht* sein. Alles spricht dafür. Sagte ich Ihnen, daß *Kokubo* 50% der Anteile an der *Snelvracht* hält? Nein? Na, dann wissen Sie es jetzt; eine Superüberraschung ist das zwar nicht, aber wieder ein Puzzleteilchen mehr, das Sinn macht.« Ein Kreis wurde horizontal schraffiert. »Tja, und dann gibt es die Auftraggeber, die sitzen in Japan.« Müller malte einen Kreis schwarz aus. »*Kokubo*, der eigentliche Drahtzieher, das Gehirn hinter allem.« In einen weiteren Kreis wurde mein Name geschrieben. »Wo Sie ins Spiel kommen? Nun, Herr Hofmann, von Ihnen erwartet die Kulanz-AG vorrangig, daß man bald etwas mehr Klarheit bezüglich der Verbindung *Snelvracht* und Kulturinstitut gewinnt.«

Ich besah mir den Schmierzettel. »Ein Kreis fehlt noch.«

Müller malte ein Fragezeichen in den fünften Kreis. »Wenn wir hier nicht richtig weiter vorankommen, muß jemand nach

Japan und vor Ort recherchieren. Sie, Herr Esbeck, oder ich – oder wir alle gemeinsam. Je nachdem.«

»Klaus Esbeck können Sie getrost von Ihrer Liste streichen. Der setzt in den nächsten Jahren so schnell keinen Fuß auf japanischen Boden.«

Müller seufzte. »Da mögen Sie recht haben.«

»Oder ...«

»Oder?«

»Oder Ihr Unternehmen läßt sich das ein erkleckliches Sümmchen kosten.«

*

Schwester Vera hatte versprochen, meinen Saab auf dem Hof vom Taut-Haus abzustellen. Ich hatte keine Lust, jemandem vom Kulturinstitut zu begegnen und benutzte den Hofeingang in der Prinzessinnenstraße. Die Maurer hatten damit begonnen, die unteren beiden Stockwerke zu verputzen. Bößner fegte in der Einfahrt Bauschutt zusammen. »Was suchen Sie denn hier? Ich denke, Sie haben heute noch frei und sind verreist.«

»Bin quasi inkognito unterwegs. Ich wollte mir bloß den Wagen abholen, bevor er auch verputzt wird.« Etliche fette Kalkspritzer hatte die Motorhaube schon abbekommen.

»Da tun Sie in doppelter Hinsicht gut dran. Einmal wegen dieser Bauluden, die nichts als Dreck machen können. Lassen einfach alles fallen, wo sie gerade stehen, wenn Arbeitsschluß ist, und ich kann ihren Scheiß dann wegmachen. Und außerdem: Hier ist, seit das Haus eingerüstet wurde, einfach nichts mehr sicher. Stellen Sie sich vor, kaum sind Sie am Samstag nach Hause gefahren – ich konnte wegen des späten Espressos nicht einschlafen –, bin ich also nochmal aufs Dach gegangen. – Und habe bemerkt, wie sich wieder einer auf der Rüstung rumtreibt. Ich also die Polizei angerufen, aber als die dann endlich eintrudelte, war der Bursche natürlich schon weg.«

»Und, hat er was mitgehen lassen?«

»Nein, es war kein einziges Fenster beschädigt. Er wurde wohl gestört. Vielleicht hat er auch gehört, wie ich die Wintergartentür hinter mir zugemacht habe, sie quietscht nämlich ganz schön.«

»Sie sollten sich einen vernünftigen Hund anschaffen, Herr Bößner. Oder einen Schwarm Gänse; die sind noch bessere Nachtwächter.«

»Sie werden lachen, Herr Hofmann, aber an einen Hund habe ich in letzter Zeit auch schon häufiger gedacht. Er muß ja nicht scharf sein. Bellen genügt. – Aber wissen Sie, was ich wirklich höchst merkwürdig fand? Die Polizei hat es nicht sonderlich interessiert: Der Kerl hat fotografiert!«

»Er hat fotografiert? Nachts? Und kein einziges Fenster war beschädigt, sagten Sie? Das ist allerdings ein wenig befremdlich. Dann wollte er vielleicht gar nicht einbrechen ... Haben Sie nicht gesehen, was er fotografiert hat?«

»Doch«, sagte Bößner. »Die Büros von der *Snelvracht* und vom Kulturinstitut. Die Herren von der Polizei meinten, das sei oft eine Vorgehensweise von Profi-Einbrechern. Erst ein Foto vom Objekt zu machen, meine ich. Ich habe Herrn Hashimoto und Herrn van Grootern natürlich gleich heute früh davon in Kenntnis gesetzt.«

Ich mußte sofort Verbindung mit Müller aufnehmen und ihn fragen, ob zufällig einer von seinen oder Binders Leuten des nachts mit einer Kamera auf dem Taut-Haus-Gerüst herumgeturnt war. Aber wenn ja, warum hatte Müller mir vorhin nichts davon gesagt? Nun, vielleicht hatte er es vergessen.

Hatte er nicht. Er war sogar sehr aufgeregt, als er von der Fotoaktion hörte. »Leute wie van Grootern und Hashimoto haben eine ganze Menge Feinde im Milieu. Die Russen oder die polnischen Mafiosi sind bestimmt nicht entzückt, daß sich die Japaner in Berlin breitmachen. Einer von Binders Leuten war es garantiert nicht, die operieren immer nur zu zweit. Ist nachts Vorschrift.«

Achtundzwanzigstes Kapitel

Unser ehrenwerter Institutsdirektor, der immer leicht abwesend wirkende Professor Watanabe, hatte mich zu sich ins Zimmer gerufen und mir eine sehr ehrenvolle Aufgabe zugewiesen. Der hochgeehrte Meister Taniguchi Itaro, ein berühmter Holzschnittkünstler aus Kioto, würde im Dezember nach Berlin kommen. Ob ich mit dem Grafikprogramm klarkäme; um den japanischen Text würde sich der ehrenwerte Doktor Hashimoto kümmern ...

Ich hatte gerade den ehrenwerten Computer eingeschaltet, um Einladungskarten für die Vernissage zu entwerfen, als das Telefon klingelte. Der Hausmeister war am Apparat, und er klang sehr aufgeregt.

»Herr Hofmann? Stellen Sie sich vor, der Glatzkopf ist bei van Grootern im Büro!«

Für einen Moment war ich perplex, denn ich wußte nicht, was Bößner meinte. »Glatzkopf?«

»Glatzkopf, jawohl, Glatzkopf. Der Mann, der Samstagnacht auf dem Baugerüst war.«

»Wie, der Mann hatte eine Glatze? Das haben Sie mir gegenüber mit keinem einzigen Wort erwähnt!«

»War das wichtig? Egal, er sitzt bei van Grootern im Büro und trinkt Kaffee oder Tee, er hat jedenfalls eine Tasse in der Hand.«

»Wo sind Sie gerade?«

»Oben bei mir im Wintergarten. Ich kann von hier aus in alle Räume der *Snelvracht* sehen, die zum Hof hinaus gehen. – Na, er scheint sich ja bei denen regelrecht zu Hause zu fühlen, denn er hat sich in diesem Moment auf die Kante von van Grooterns Schreibtisch gesetzt!«

»Das interessiert mich jetzt auch. Ich komme mal rasch zu Ihnen hoch.«

»Fahren Sie am besten in den fünften Stock und laufen Sie bei den Architekten durch. Sagen Sie ihnen, Sie wollen zu mir, dann geht das schon in Ordnung.«

Die Sekretärinnen im Vorzimmer von Professor Watanabe schauten mich befremdlich an. Kein Wunder. Ich rannte. Drei Minuten später stand ich neben Bößner.

»Jetzt sitzt er sogar auf van Grooterns Drehsessel!«

Ich bog eine Zimmerpalme zur Seite und stieß einen leisen Pfiff aus. »Na, sieh mal einer an! Wenn das nicht unser Freund Sternchen-Gruber ist!«

»Sternchen-wer?«

»Sternchen-Gruber. Das ist der Spitzname von dem Typen mit der Glatze.« Es war außer Gruber und van Grootern noch eine Person im Raum. »Wer ist der dritte?«

»Van Grooterns neuer Mitarbeiter, ein Herr Handke.« Bößners Gesicht nahm einen strengen Ausdruck an, und die Strenge war alles andere als gespielt. »Herr Hofmann, was geht hier vor sich? Ein gewisses Recht, das zu erfahren, habe ich ja wohl schließlich als Hausmeister.«

Mit der einen Hand drückte ich die Zimmerpalme zur Seite, mit der anderen klopfte ich Bößner beruhigend auf die Schulter.

»Erlauben Sie mir, erst ein Telefonat zu führen, dann erzähle ich Ihnen, was sich alles in diesem Haus abspielt.«

Bößner seufzte. »Daraus soll ich nun schlau werden. Aber telefonieren Sie ruhig erst. Wo der Apparat steht, wissen Sie ja.«

Müller nahm nach dem ersten Klingeln ab. »Sie scheinen Ihr Geld wert zu sein, Herr Hofmann ... hmm, wenn Sie der Ansicht sind, der Hausmeister müsse ... aber gehen Sie nicht zu sehr ins Detail, am besten sagen Sie ihm nichts oder nur das Notwendigste über *Kokubo* ... ja, und bitten Sie ihn, Kommissar Binder anzurufen, sonst denkt er womöglich, Sie binden ihm einen Bären auf ... doch, geben Sie ihm auch ruhig meine Telefonnummer.«

Ich legte auf und trat wieder zu Bößner ans Fenster.

»Der Glatzkopf ist eben zur Tür raus«, sagte Bößner.

Als ich Bößner erklärte, wer der Fotograf war und was er mit der *Snelvracht* zu schaffen hatte, sagte er: »Gut, Herr Hofmann, von mir erfahren die kein Sterbenswörtchen, aber mein Gott, was ist bloß aus diesem Haus geworden!«

»Hier erfahren Sie mehr.« Ich schrieb ihm Binders und Müllers Telefonnummern auf und erläuterte ihm, wer sie waren.

Hashimoto hielt mir die Tür zu seinem Arbeitszimmer auf. »Was war denn vorhin so eilig? Ich sah Sie – wie sagt man auf Deutsch? *Wie ein geölter Blitz?* – vorbeirennen.«

»Der Hausmeister, der Herr Bößner, rief mich an. Ich hatte meinen Wagen heute draußen stehen, natürlich im Parkverbot, und der KOB machte gerade die Runde.«

»Und, haben Sie es noch geschafft?«

»Knapp, aber immerhin dreißig Mark oder mehr gespart.«

»Ich wollte wegen der Vernissage mit Ihnen reden. Ich habe den japanischen Text für die Einladungskarten fertig.« Hashimoto bedeutete mir, auf dem Besuchersessel Platz zu nehmen. Noch immer stürmte auf Hashimotos Schreibtisch Friedrich der Große seinen Soldaten säbelschwingend voran. Hashimoto griff sich eine der Figuren, die dem Alten Fritz folgten, und drehte sie spielerisch in der linken Hand. »Können Sie mit Ihrem PC-Programm japanische Schriftzeichen verarbeiten?«

»Kein Problem. Dürfte ich mal sehen?«

Hashimoto gab mir seinen Text. Er war gut leserlich geschrieben. Während ich die Zeilen überflog, spielte Hashimoto weiter mit der Figur herum.

»Ja«, sagte ich, die Eingabe in mein Textsystem bereitet überhaupt keine Schwierigkeiten. Ich erledige das sofort und drucke es Ihnen zur Kontrolle gleich aus, wenn Sie es wünschen.«

»Das hat bis morgen Zeit.« Hashimoto stellte sein Spielzeug wieder in die Reihe zurück.

Ich glaube, mir fielen fast die Augen aus dem Kopf: Zwischen dem säbelschwingenden Friedrich dem Großen aus Zinn und dem fahneschwenkenden Marineinfanteristen der kaiserlichen Kolonialtruppen aus Ton, reckte ein daumengroßer, ebenfalls tönerner Himmler seinen Arm zum Hitlergruß empor.

»Sie schauen aus, als hätten Sie ein Gespenst gesehen, Hofmann-san!«

Auf die Erklärung, die ich Hashimoto spontan gab, bin ich auch noch im nachhinein stolz. Ich sagte, während ich auf das Figürchen deutete: »Ach nichts, schon gut! Ich bin bloß so erschrocken, weil das Zurschaustellen von Nazisymbolen bei uns in Deutschland streng unter Strafe steht, *auch* wenn es sich um historisches Spielzeug handelt. Und Sie sind immerhin stellvertretender Leiter einer japanischen Institution mit halb offiziellem Charakter. Ich dachte lediglich, was für einen gewaltigen Ärger das geben könnte, falls Ihnen jemand übel will und davon in der Öffentlichkeit spricht. Ich sehe schon die Schlagzeilen in der linken Presse. ›Vergangenheitsbewältigung auf Japanisch‹, oder so ähnlich.«

»Oh, das wußte ich nicht. Ein derartiges Gesetz existiert in Japan nicht.« Er nahm den Mini-Reichsführer-SS aus der Reihe, zupfte sein blütenweißes Ziertuch aus der Brusttasche, wickelte Himmler darin ein und stopfte ihn kopfüber in die Ziertuchtasche. »Aber ich sehe ein, etwas, das das Institut in Mißkredit bringen könnte, muß natürlich weg.« Kopfschüttelnd fügte er hinzu: »Eigenartige Gesetze haben Sie hier. Militärisches Spielzeug; das sind doch besonders lehrreiche Zeitzeugnisse!«

Ich hatte meine Beherrschung wiedergefunden. »Eben drum«, sagte ich.

»Hä?« Hashimoto begriff überhaupt nichts mehr.

Neunundzwanzigstes Kapitel

In meiner Mittagspause hielten Müller, Binder und ich einen improvisierten Kriegsrat in der *Roten Harfe* am Heinrichplatz ab.

Müller aß wieder Eintopf. »Ich habe vorhin sofort zwei von meinen Leuten zum Oranienplatz geschickt, um Gruber zu beschatten, aber sie sind im Stau hängengeblieben. Schade, aber kein Drama. Jetzt, wo wir ihn einwandfrei identifiziert haben, geht er uns irgendwann schon ins Netz.«

»Der Hausmeister würde bezeugen, daß Gruber sich mit van Grootern und seinem Mitarbeiter getroffen hat«, sagte ich.

»Ist ja alles schön und gut«, sagte Binder, »aber es reicht noch immer nicht, um richtig loszuschlagen.«

»Ganz meine Meinung«, sagte Müller. »Um die Organisation tödlich zu treffen, brauchen wir noch ein paar Beweise mehr. Zum Beispiel, auf welchem Weg die Autos außer Landes gelangen.« Er schob den Teller an den Tischrand. »War wieder ausgezeichnet.«

»Der Ton-Himmler reicht nicht aus?« warf ich ein.

»Nein«, sagte Binder. »Ich habe mich bei Herrn Dralle erkundigt. Der Himmler wurde in einer kleinen Serie von circa einhundert Stück hergestellt. Hashimoto wird einfach behaupten, er hätte ihn irgendwo auf einem Trödelmarkt gekauft.«

»Und Sternchen-Gruber erst nachts auf dem Baugerüst und dann zwei Tage später bei van Grootern live im Büro? Läßt sich ihnen daraus kein Strick drehen? Bößner würde es, wie gesagt, bezeugen, daß Gruber im *Snelvracht*-Büro war, und *Ihre* Leute, Herr Müller, doch auch, daß *er* es war, der am Oder-Havel-Kanal die Blendgranate geworfen hat. Und ...«

»Was wäre damit gewonnen, Andi?« fuhr mir Binder ins Wort. »Wir hätten die unteren Chargen in U-Haft und die Drahtzieher immer noch nicht. Denn, da brauchen wir uns alle doch nichts vormachen: Leute wie Gruber sind mir-nichts-dir-nichts austauschbar. Nein, ich will die Köpfe, bevor sich diese japanische Hydra hier richtig festkrallen kann.«

»Kommissar Binder hat recht, Herr Hofmann. Wir müssen vor allen Dingen an die Macher herankommen.«

»Mir fällt da eben eine Sache ein. Dürfte ich vielleicht schnell Ihr Handy benutzen, Herr Müller? Als ich nämlich den Rundflug mit Hashimoto gemacht habe, sagte mir mein Freund –, das war, ich erwähnte es bereits, der Pilot, der uns geflogen hatte –, daß ein Kollege von ihm mit jemandem ein paar Wochen zuvor genau dieselbe Strecke abgeflogen ist. Dieser Flugkunde hat sich die Rechnung an den Oranienplatz 4 schicken lassen. Meinem Freund ist das aufgefallen, weil er wußte, daß ich dort arbeite. Ich versuche ihn mal jetzt in Strausberg zu erreichen, ob er den Namen des Kunden herausbekommen könnte.«

»Das Taut-Haus hat die Vier?« fragte Müller.

»Ja«, sagte ich.

»Versuchen Sie's«, sagte Müller und gab mir sein Handy. »Schaden kann es nichts.«

Ich ging nach draußen auf den Heinrichplatz. Das Gespräch war sehr kurz, denn Wolfgangs Pilotenkollege war selbst am Apparat.

Als ich wieder in der *Harfe* war, saßen Müller und Binder über einen Bauplan gebeugt. Es war der Plan des 4. Obergeschosses vom Taut-Haus.

»Der besagte Flugkunde damals hieß Willem van Grootern«, sagte ich.

Müller und Binder sagten erst nichts, dann redeten sie gleichzeitig auf mich ein. Meine Mittagspause näherte sich dem Ende. Wir kamen überein, daß ich mich nach der Arbeit bei Müller melden würde.

»Ich werde übrigens von nächster Woche an eine Rund-um-die-Uhr-Beschattung von van Grootern und Hashimoto veranlassen«, sagte Binder. »Beantragt ist das zwar schon seit langem, aber im Moment gibt es nicht genügend Leute dafür. Ab sofort kann ich lediglich zwei Beamte abstellen, die nachts die *Snelvracht*- und die Institutsbüros im Auge behalten, und zwei Leute, die tagsüber in der Nähe der Büros sind. Der Herr Bößner wird in diese Überwachungsaktion natürlich eingeweiht werden.«

Ich ging zum Oranienplatz zurück, machte wie üblich meine Arbeit, machte auch wie üblich meine Überstunden und fuhr gegen zwanzig Uhr Richtung Charlottenburg. In der Kantstraße hielt ich in zweiter Spur und bestellte beim Japaner eine Portion Sushi zum Mitnehmen. Man kannte mich dort schon. Eine der Kellnerinnen im Kimono brachte mir die Sushi an den Wagen. Meinen Wohngemeinschaftspartner überraschte ich dabei, wie er seine Iris-Gedenk-Minute hatte: Er rauhte mit Hingabe die Rückenlehne von meinem Sessel auf. »Bei Herrchen darfst du das«, sagte ich und kraulte ihn. Während er das Leder weiterbearbeitete, packte ich die Sushi-Häppchen aus. Rohen Thunfisch mochte Katzenkater. Ich wusch die scharfe Wasabi-Paste unter fließend Kaltwasser ab und tupfte die Fischstückchen trocken. »Es ist angerichtet, Monsieur!«

Ich öffnete den Bocksbeutel, den Esbeck mir geschenkt hatte. Es war eine 90er Kerner Spätlese vom Würzburger Juliusspital. Ich stellte den Teller mit dem Sushi und das Weinglas in Reichweite und legte die Füße auf den Schreibtisch. Dann veranstaltete ich eine Telefonorgie.

Als die Flasche leer und die Telekom um einiges reicher war, hatte ich alles erreicht, was ich mir in den Kopf gesetzt hatte. Ich hatte organisiert, daß Wolfgang mich und Müller morgen beim ersten Tageslicht zum Oder-Havel-Kanal fliegen würde. Wir würden eine Maschine in Tempelhof mieten, damit wir nicht den weiten Anfahrtsweg bis Strausberg hatten. Wenn wir nicht abstürzten, konnte ich zudem wie gewöhnlich gegen neun meine Arbeit im Kulturinstitut antreten. Sollte ich tatsächlich einmal etwas später als gewohnt kommen, machte das auch nichts. Theoretisch hatten wir am Oranienplatz immerhin Gleitzeit. So stand es jedenfalls in meinem Arbeitsvertrag.

Ich überlegte, ob ich noch auf einen finalen Schlummertrunk

ins *Dralle's* gehen sollte, enschied mich aber dann doch fürs zeitige Schlafengehen und stellte den Wecker. Katzenkater lag schon auf meinem Kopfkissen und schnorchelte.

Dreissigstes Kapitel

Sie waren mit die letzten Gäste im *Alla Fontana*. Der Chef hatte sich bereits vor einer halben Stunde von ihnen verabschiedet. Die Kellner bereiteten das Restaurant auf den kommenden Tag vor, bedeuteten ihnen aber, sich nicht zu beeilen. Der Dicke mit dem schwarzgrauen Mercedes war für seine fürstlichen Trinkgelder bekannt.

»Unser Berlinaufenthalt nähert sich langsam aber sicher seinem Ende«, sagt van Grootern und ließ den Cognac im Schwenker kreisen, bevor er ihn an die Nase führte und an ihm schnupperte. »Ah, was für ein Hochgenuß. Ein Napoléon Jahrgang 1925, zwanzig Jahre älter als ich!«

Harry nippte an einem auch nicht gerade vorjährigen Calvados. »Das sehe ich genauso, Willem. Wenn wir auf Grubers Erpressungsversuche eingehen, werden wir uns in Zukunft von Aldi-Büchsen ernähren müssen und können uns an hohen Festtagen einen deutschen Whisky oder bulgarischen Landwein leisten.«

Van Grootern schüttelte sich bei dem Gedanken an derartige kulinarische Aussichten, suchte und fand Trost bei seinem Napoléon. »Nein, Harry, dieser bittere Kelch wird an uns vorübergehen. Das gelobe ich hiermit feierlich. Und wenn ich diese Ratte mit meiner schieren Gewichtigkeit zerquetschen muß.«

Harry nickte ernst, war er doch einmal Augenzeuge gewesen, wie jemand den Dicken tödlich unterschätzt hatte. Das mit dem Zerquetschen war durchaus wörtlich gemeint. Van Grootern war zwar ungemein massig, aber er hatte die Massigkeit eines Nilpferds oder eines Nashorns, und falls er arg gereizt wurde, auch deren Wendigkeit.

»Diesmal bin ich an der Reihe, Willem!«

»Schon gut, Harry, ich habe bloß laut gedacht. Natürlich will ich dich nicht um dein Vergnügen bringen. Du weißt ja, wie sehr ich im Prinzip Plumpheiten hasse – so man sie vermeiden kann!«

»Keine Angst, ich überlege mir schon etwas Geistreiches. Schließlich sind sie zu dritt. Da hilft eh keine Standardlösung. Was sagt Hashimoto zu allem?«

»Es ist sowieso der letzte Transport in nächster Zeit. *Die Autosache werde ihnen langsam zu heiß, gefährde ihre Europapläne,* was immer damit gemeint sein mag.«

Die Kellner begannen für das Personalessen einzudecken. Harry sah auf die Uhr. »Ich denke, ich mach mich mal auf die Reise. Die *Marijett* müßte bald eintreffen.«

»Sowie ihr sie beladen habt, ruf mich an.«

Einunddreissigstes Kapitel

Ich fuhr mit dem Taxi nach Tempelhof, weil ich keinen Streß mit der Parkplatzsucherei am Flughafen haben wollte. Ich hätte lieber die öffentlichen Verkehrsmittel nehmen sollen. Morgens früh um sieben herrschte Berufsverkehr auf den hauptstädtischen Straßen, und das bedeutete Stau, Stau, Stau. Müller entdeckte ich, wie er aus einem Wartburg stieg, den er einfach mitten auf dem Bürgersteig abgestellt hatte. Er trug wieder die alte Lederjacke und Jeans. »Nobel, unser Fuhrpark, finden Sie nicht?« Er stemmte das Knie gegen die Tür, um sie zu schließen. Der Schlüssel ließ sich erst beim dritten Versuch drehen.

»Wenn man die Einsparungen regelmäßig zu Weihnachten an die Mitarbeiter ausschüttet, ist doch dagegen nichts einzuwenden«, sagte ich.

»Sagen *Sie*! – Selbst zu Mauerzeiten hatte ich einen Lada als Dienstwagen.«

Mehr Zeit, dieses Thema zu erörtern, hatten wir nicht, denn wir waren eine gute Viertelstunde überfällig.

Wolfgang wartete schon ungeduldig am Tempelhofer Mini-Schalter der Mini-Trans-Airline.

»Ein bißchen Beeilung, die Herren, wenn ich bitten darf, sonst gibt's ernsthafte Probleme mit der Starterlaubnis.«

Zehn Minuten später waren wir bereits in der Luft. Es war eine größere Cessna als beim letzten Flug. Die Kabine war sehr gut schallisoliert. Wir brauchten, um uns miteinander zu unterhalten, keine Sprechanlage. Das Wetter war nicht besonders gut. Es war bewölkt, und es gab vereinzelte Schauer, zum Teil böig. Anfangs flogen wir ziemlich genau nach Norden und hielten uns dann parallel zum nördlichen Berliner Ring auf Nordwestkurs.

»Am Oder-Havel-Kanal kann ich tiefer fliegen«, sagte Wolfgang. »Über dem städtischen Luftraum muß ich im vorgeschriebenen Höhenbereich bleiben, sonst gibt es reichlich Ärger.«

»Versuch die Stelle zu finden, wo Hashimoto so viel fotografiert hat«, sagte ich.

»Das war hinter Oranienburg und noch vor Zerpenschleuse«,

sagte Wolfgang. »Nur keine Bange, die Stelle finden wir garantiert wieder.«

Müller saß neben Wolfgang. »Herr Hofmann sagte mir, Herr Hashimoto hätte sich gut mit Navigation ausgekannt?«

»Ja. Wenn ich mir alles richtig ins Gedächtnis zurückrufe, hat dieser Japaner mich sogar ungemein geschickt zu den Schrottplätzen hingelotst.« Wolfgang flog eine sanfte Linkskurve. Die Wolkendecke riß stellenweise auf. »Gleich sind wir über Oranienburg. Unter uns ist schon die Autobahnauffahrt Birkenwerder.«

In Oranienburg ging Wolfgang dann runter und hielt sich nördlich vom Oder-Havel-Kanal. Das Gebiet mit den Industriegrundstücken tauchte auf.

»Hashimoto haben doch diese berghohen Stacheldrahthalden so interessiert. Die waren hinter den Containerstapeln da hinten.« Wolfgang tippte gegen das Glas der Kanzel. Die Maschine wurde langsamer, wir überflogen mehrere Stichkanäle und Verladebecken. Wolfgang ging nochmal tiefer. Ein Frachtschlepper lag in einem Hafenbecken. Er wurde mit Containern beladen.

»Ich glaube, den Rest des Rundflugs können wir uns sparen«, sagte Wolfgang plötzlich mit aufgeregter Stimme. »Wenn die Herren mal geruhen würden, einen Blick in die noch offenen Container ganz rechts zu werfen – Moment, ich kippe etwas weiter ab, damit ihr besser sehen könnt ... Ja, so müßte es langen!«

Als auch wir sahen, was sich in den Containern befand – einen quittegelben Mercedes der S-Klasse erkennt man auch aus 50 Meter Höhe –, klappte Müller augenblicklich sein Handy auf. »Ich denke, jetzt ist urplötzlich extremster Handlungsbedarf entstanden. Ich probiere mal, Binder zu erreichen!«

»Wenn hier ein Funkloch ist – innerhalb vom Berliner Ring klappt es garantiert wieder«, sagte Wolfgang und wendete in einem weiten Bogen. »Nochmal überfliege ich das Gelände lieber nicht. Wir wollen die da unten doch nicht beunruhigen.«

»Nein«, sagte ich. »Das muß wirklich nicht sein. – Hat jemand von euch lesen können, wie das Schiff heißt.«

»*Marijett*«, sagte Müller. »Heimathafen Rotterdam. Aber Moment, jetzt ist Verbindung da!« Müller hielt sich die Sprechmuschel dicht an die Lippen und artikulierte laut und deutlich. »Kommissar Binder, wir haben gerade ...«

**

»Willem? Hier ist eben ein Flugzeug ganz tief über den Ladekränen herumgekurvt.«

»Ich wollte dich auch eben anrufen. Ich fürchte, Harry, du mußt alles stehen und liegen lassen und dich auf die Socken machen. Hörst du? *Augenblicklich*! Hier auf dem Etagenflur kraucht einer rum und tut so, als wäre er von der Telekom. Daß ich nicht lache! Die Schuhe solltest du sehen, die typischen, schwarzen, praktischen Bullentreter. Für wie blöd halten die jemanden, der ein Paar normale Augen im Kopf hat, eigentlich!« Van Grootern trat ans Fenster. Wegen des Gerüstes davor mußte er es öffnen, um in den Hof blicken zu können.

»Und unten streicht ein anderer Zivilsheriff seit einer Stunde zehn Quadratzentimeter Betonwand vor der Tiefgarageneinfahrt. Nicht sehr geschickt, wie er immer zu seiner Schubkarre geht und in das Walkie-Talkie quatscht, wenn ein Auto wegfährt oder kommt. Wo die anderen stecken, habe ich noch nicht entdeckt, es werden aber schon noch ein paar mehr von denen hier herumhängen. Deshalb mache ich jetzt mal ganz schnell einen Abgang.«

»Meine Koffer sind auch schon im Wagen, ich wollte mich

aber, bevor wir endgültig *Bye-bye Berlin* sagen, noch, äh, intensiv um Gruber und seine Kumpane kümmern. Wir treffen uns danach – so, wie es für Notfälle abgemacht war?«

»Emergency plan, wie besprochen – falls ich hier noch die Flatter zustande bringe!« Van Grootern griff nach seinem Mantel. ›Ich muß wenigstens versuchen, Hashimoto zu warnen‹, dachte er. Er wählte dessen Büronummer, aber niemand meldete sich. ›Natürlich, es ist ja auch noch nicht neun!‹ Er probierte es im Steigenberger Hotel, und ihm wurde gesagt, daß Herr Hashimoto eben ein Taxi bestiegen habe. ›Scheiße!‹ dachte van Grootern. ›Ich kann unmöglich warten, bis er hier ist. Wer weiß, ob er nicht noch erst bei der Treuhand oder bei seinem Anwalt vorbeifährt.‹

Auf dem Flur traf er Fräulein Ito, Professor Watanabes Sekretärin, die schon sehr gut Deutsch konnte. ›Ob ich der ...?‹ Von den Telekomleuten war niemand zu sehen. »Bitte, Fräulein, seien Sie doch so liebenswürdig und sagen Sie dem Herrn Hashimoto, daß das Nachbarbüro frei wird, weil die Firma *Snelvracht* ihre Niederlassung unverzüglich schließen muß. Bitte seien Sie auch so nett, und legen Sie ihm einen Zettel hin. Und schönen Gruß von mir, er möge schnell handeln, falls er – äh – ja, falls er die Büroräume für das Institut anmieten will.«

»Ich richte es ihm sofort aus, wenn er kommt, Herr Snelvracht.«

›Das muß reichen‹, dachte van Grootern. ›Mehr ist nicht drin.‹ Er ging zum Fahrstuhl und drückte den Anforderungsknopf. Dann wartete er und wartete. Schließlich legte van Grootern das Ohr an die Fahrstuhltür und lauschte. Aus dem Schacht drangen Fahrgeräusche, aber der Lift wollte und wollte einfach nicht kommen. Es war ein Modell Baujahr 1954, und das hatte noch keine Speicherelektronik. Wer zuerst drückte, fuhr zuerst.

Leise fluchend ging van Grootern zur Treppenhaustür. Er haßte Treppensteigen, auch wenn es bloß abwärts ging.

**

Hauptkommissar Binder hatte Polizeiobermeister Gorkes Aufgabe für den Vormittag klar definiert: Er sollte von acht bis vierzehn Uhr den Flur im vierten Stock, den Fahrstuhl vom Hauseingang Oranienplatz 4 und die Eingangshalle überwachen. Das war eine Arbeit, das wußten sowohl Binder als auch der Polizeiobermeister, die man eigentlich nur bewältigen konnte, wenn man die Fähigkeit zur spontanen Zellteilung besaß. Da diese Fähigkeit bei Beamten des mittleren Dienstes seltener vorhanden war, mußte sich Gorke damit begnügen, allen drei lokalen Bereichen ein Drittel seiner Anwesenheitszeit zu widmen. Das Kommen und Gehen von Hashimoto, von Willem van Grootern und Sternchen-Gruber, so lautete eine weitere Anordnung Binders, waren der Zentrale unverzüglich mitzuteilen. Unverzüglich hieß natürlich nicht gleich in Anwesenheit der besagten Personen.

Polizeiobermeister Gorke hatte seine Runden in der Eingangshalle im Erdgeschoß beendet, war mit dem Fahrstuhl in den vierten Stock gefahren und verließ diesen wenige Augenblicke, nachdem sich die schwere Feuerschutztür zum Treppenhaus hinter Willem van Grootern geschlossen hatte. Es war das erste Mal, seit die Firma *Snelvracht* ihre Räume in Kreuzberg hatte, daß van Grootern das Treppenhaus vom Oranienplatz Nummer Vier betrat und die vier Stockwerke hinunterstieg. Er durchquerte die Eingangshalle und ging außen um das Taut-Haus herum zum Garageneingang in der Prinzessinnenstraße. In der Tiefgarage kletterte er in einen VW-Bus mit der Aufschrift *Schipp-Snelvracht*, winkte dem Arbeiter fröhlich zu, der seit Stunden ein paar Quadratzentimeter in der Auffahrt strich und beobachtete im Rückspiegel, wie der fleißige Anstreicher zu seiner Schubkarre eilte.

**

Wolfgang quittierte Müller den Empfang von 320 DM und blieb in Tempelhof. Natürlich war Müllers Wartburg abgeschleppt worden. Wir setzten uns kurz vor neun in ein Taxi. Auf dem Deckel vom Handschuhfach klebten eine türkische Fahne und ein Zettel mit arabischer Schrift. Ein Koranspruch?

»Zum Oranienplatz«, sagte ich. »Nummer Vier, das ist das Haus neben der Krankenkasse, der AOK.«

»Issma bekannt«, sagte der Fahrer, »ick bin inner O-Straße jeborn.«

»Mich können Sie dann von dort aus weiter zum Alex kutschieren«, sagte Müller. Sein Handy surrte. »Ja, wir sind auf dem Weg, Herr Binder ... ja, doch, wird ihn natürlich interessieren ... Ja, richte ich ihm auch aus, wer weiß? ... Ob ich jetzt zu Ihnen kommen könnte? ... Kein Problem.« Müller verstaute das Telefon in einer Innentasche seiner Lederjacke. »Doch nicht zum Alex«, sagte Müller zum Fahrer. »Aber erst bringen wir den Herrn wie ursprünglich geplant zum Oranienplatz.«

»Ist was?« fragte ich.

Müller nickte.

»Binder läßt Ihnen sagen, daß sich van Grootern und Hashimoto gestern nacht wieder im *Snelvracht*-Büro getroffen haben. Hashimoto hat van Grootern ein kleines Päckchen übergeben, das in ein weißes Tuch eingeschlagen war. Der dicke Holländer hat dieses Päckchen in einen Briefumschlag gesteckt und neben seine Faxmaschine gelegt. Dieses Mal haben *Binders* Leute ein paar Nachtaufnahmen gemacht, schätze ich.«

»Weißes Tuch? – Das wird der Himmler sein.« Ich erzählte Müller, wie Hashimoto den Nazidäumling in meinem Beisein in sein Ziertuch gewickelt hatte.

Zweiunddreißigstes Kapitel

Das heruntergekommene Einfamilienhaus mit der löchrigen Eternitfassade am Rande des Märkischen Viertels, in dem Marek und Wronschieck residierten, war von einer baufälligen, aber hohen Mauer umgeben. Auf der Mauerkrone waren Glasscherben und Stacheldraht einzementiert. Grubers goldener Trans Am stand vor dem Grundstück unter einer Linde, die der Treffpunkt aller Tauben der Umgebung zu sein schien. Den weißen Flecken nach zu urteilen, war der Wagen schon seit geraumer Zeit dort abgestellt. Auf der anderen Straßenseite reihte sich Hochhaus an Hochhaus.

Harry fuhr auf die Stellplätze für Mieter und Anlieger hinter den Hochhäusern. Dort waren auch die Hauseingänge. Harry hatte schon Routine. Mal war er der Pizza-Service, mal die Post, je nach Tages- oder Nachtzeit.

Er drückte auf mehrere Klingelknöpfe zugleich. »Fleurop-Dienst«, sagte er, als das unvermeidliche »Wer ist da?« aus dem Lautsprecher kam. »Blumen für Familie …« näselte er in die Sprechanlage.«

Irgend jemand betätigte immer den Türöffner. Harry fuhr mit dem Fahrstuhl in die zweite Etage und blickte aus dem Flurfenster genau in die zur Straße liegenden Zimmer des Einfamilienhauses. Er richtete ein kleines, klappbares elektronisches Fernglas auf die Fenster im Erdgeschoß.

Gruber lag auf einem Sofa und schaute fern. Neben ihm stand auf einem Schemel ein altes, schwarzes Telefon, noch mit Gabel und Wählscheibe. Marek und Wronschieck gingen bereits am Vormittag ihrer Lieblingsbeschäftigung nach: Auf dem niedrigen Couchtisch zwischen ihnen reihte sich eine Batterie von Wodka-Flaschen. Marek und Wronschieck gestikulierten, und den exzessiven Lippenbewegungen nach zu urteilen, brüllten sie sich an. Sie schienen sich indes nicht zu streiten. Hin und wieder krümmte sich einer von ihnen vor Lachen. ›Sie feiern vermutlich schon, weil sie meinen, sie haben uns erfolgreich erpressen können.‹ dachte Harry und verzog verächtlich die Mundwinkel. ›Ein wenig zu früh gefreut, meine Herrschaften!‹ Er hatte genug gesehen.

An der nächsten Telefonzelle hielt er und ließ sich über eins eins null mit der SoKo Stern verbinden. Er führte ein sehr kurzes Gespräch mit verstellter Stimme, dann ging er in eine Eckkneipe gegenüber der Telefonzelle, wo er sich einen Kaffee »mit was drin« bestellte. Er wartete keine zehn Minuten, bis der erste Polizeiwagen mit Blaulicht, aber ohne eingeschaltete Sirene vorbeifuhr. Auf der Theke stand ein Münzfernsprecher. Harry wählte Mareks und Wronschiecks Nummer. Der nächste Wagen fuhr blau blinkend und stumm vorbei, ein dritter folgte ebenso. Harry sprach nur einen Satz in den Hörer, dann legte er auf.

Dreiunddreissigstes Kapitel

Hauptkommissar Binder bedeckte die Sprechmuschel mit der Handfläche. »Eine Sekunde, bin gleich fertig.« Er bedeutete Müller, sich zu setzen.

Müller zog es vor, stehen zu bleiben und die Anzahl der Stecknadeln auf Binders Weltkarte mit der auf seiner zu vergleichen.

Als Binder das Telefonat beendet hatte, zeigte Müller auf die roten Glaspünktchen in der Umgebung von Tokio. »So viele sind es bei mir noch nicht.«

»Vorhin kam ein neues Fax aus Japan.« Binder trat auch vor die Karte. »Drei Daimler wurden in Honshu sichergestellt, einer in Hokkaido. – Das sind dann hoffentlich für längere Zeit die letzten Wagen aus Berlin und Brandenburg, die im ganz fernen Osten auftauchen.«

Binder ging mit Müller zum Schreibtisch und tippte auf ein Meßtischblatt. »Das Industriegrundstück am Oder-Havel-Kanal ist vollständig abgeriegelt. Da kommt keine Maus mehr ungesehen rein oder raus. Die Kollegen aus Eberswalde und Oranienburg haben uns jeden verfügbaren Kollegen von der Kripo spendiert. Zwei Boote von der Wasserschutzpolizei sind auch schon in der Gegend.«

»Wann soll es losgehen?«

»Sobald der Dicke oder sein Mitarbeiter, neuerdings gibt er ihn als seinen Sekretär aus, sobald die oder Sternchen-Gruber das Gelände betreten. Bislang ist aber noch niemand außer der Schiffsbesatzung beobachtet worden. Es sind bis auf den Kapitän alles Farbige. Sie sind immer noch beim Verladen der Container. Wir haben mal bei der Binnenschiffahrtsbehörde in den Niederlanden nachgefragt, wer eigentlich offizieller Eigner der *Marijett* aus Rotterdam ist, dreimal dürfen Sie raten.«

»Die Firma *Snelvracht*?«

»Zur Hälfte, lieber Herr Müller, nur zur Hälfte.«

»Dann gehört die andere Hälfte *Kokubo*.«

»Das wäre wiederum doch zu simpel. Aber im Grunde genommen verhält es sich so. Nein, die zweite Hälfte gehört nicht *Kokubo,* sondern einem Japaner namens Kurihama. Dieser Herr wird vermutlich ein Strohmann von *Kokubo* sein.«

»Wo stecken van Grootern und Hashimoto im Moment?«

»Van Grootern ist im *Snelvracht*-Büro und Hashimoto auf dem Weg von seinem Hotel zum Oranienplatz, wie immer per Taxi. Wo Gruber sich aufhält, wissen wir im Augenblick leider noch nicht. Wie gesagt, die konzertierte Aktion war erst für Anfang nächster Woche vorgesehen. Ihr erfolgreicher Aufklärungsflug ins Umland hat meinen Zeitplan ganz schön durcheinandergewirbelt.«

Ein Lämpchen blinkte. Binder nahm ab. »Hier Binder ... wie bitte? ... na, ganz trefflich. Ich bin sofort unten!«

Müller sah ihn fragend an.

»Kommen Sie mit, Herr Müller? Ein anonymer Anrufer hat uns soeben Grubers Aufenthaltsort verraten. Die Zentrale meint, der Mann hätte einen leichten ausländischen Akzent gehabt. Er hat sich als ein Konkurrent von Sternchen-Gruber ausgegeben. Gruber soll nicht alleine sein.«

»Ein Konkurrent?«

»Russen-Mafia, was weiß ich.«

**

Die Beamten des mobilen Einsatzkommandos waren lange vor Hauptkommissar Binder und Horst Müller im Märkischen Viertel. Sie stellten das Trio, als es gerade den Trans Am besteigen wollte. Über Lautsprecher wurden Gruber, Marek und Wronschieck aufgefordert, sich zu ergeben. Gruber zog die Fahrertür weiter auf und griff in die Türablage. Der erste Warnschuß fiel. Marek versuchte daraufhin, wild um sich schießend, ins Haus zurückzulaufen. Er schaffte es bis zur Mauer, dann brach er zusammen. Gruber hatte sich hinter die Fahrertür gekauert und entsicherte eine Handgranate. Wronschieck sorgte mit der Uzi dafür, daß niemand zu nahe kam. Ein Querschläger traf Gruber im Gesicht. Er schrie auf und ließ die Handgranate fallen. Sie rollte unter das Auto.

Die Explosion zerlegte den Trans Am in unzählige goldene Einzelteile und hinterließ einen metertiefen Trichter. Die Glaser im Bezirk Reinickendorf hatten für die nächsten Wochen Hochkonjunktur. Ein Polizeifeuerwerker schätzte später die Anzahl der detonierten Handgranaten auf zwanzig, die Blendgranaten nicht eingerechnet.

Als Binder und Müller eintrafen, war der Explosionsort bereits weiträumig gesichert worden. Hunderte von Schaulustigen drängelten sich hinter den Absperrgittern.

Binder kratzte sich am Kinn. »Wissen Sie, was meine Hauptsorge ist, Herr Müller?«

Müller stand am Kraterrand und nickte. »Es wird einige kaum lösbare Probleme mit der Identifizierung geben.«

**

Harry hatte sich nach seinem zweiten Telefonat ans Fenster gesetzt und war mit den anderen Gästen auf die Straße gelaufen, als es geknallt hatte und die Scheiben in der Kneipe bedrohlich geklirrt hatten. Unzählige Feuerwehrautos und Rettungswagen waren vorbeigerast, alle fuhren in Richtung Märkisches Viertel.

»Klang wie eine Bombe«, sagte Harry und gab dem Wirt einen Fünfer.

»Oder wie eine Gasexplosion, jedenfalls hat es da hinten kräftig gerummst. – Macht drei Mark fünfzig.«

»Der Rest ist für Sie«, sagte Harry.

»Schönen Tag«, wünschte der Wirt.

›Schöner Tag‹, dachte Harry bitter, als er zu seinem Wagen ging. ›von wegen schöner Tag!‹ Er schlug den Mantelkragen hoch und schaut sich den grauen Himmel an. Ein Windstoß fegte alte Zeitungen über die Straße. ›Nicht gerade das ideale Wetter, um auf norddeutschen Seen und Kanälen herumzuschippern!‹

Harry nahm die nächste Auffahrt der Stadtautobahn und hielt sich nach Süden. ›Der Dicke‹, dachte er und schaute auf die Uhr im Armaturenbrett, ›wird jetzt das Schiff hoffentlich schon klargemacht haben.‹ Die Ausfahrt Wannsee wurde angekündigt. Harry setzte den Blinker rechts und wechselte die Spur.

*

Van Grootern hob zwei Weinkisten aus dem Kofferraum und fuhr den Wagen in die Doppelgarage neben dem Bootshaus.

Herr Sternmöller war ein hilfsbereiter Mensch. Der Besitzer vom Bootsverleih *Wasserwanderer* am kleinen Wannsee trug die Kisten an Bord der Motoryacht. Van Grootern parkte den Mercedes dicht an der Garagenwand, damit für Harrys Toyota noch genug Platz blieb, dann folgte er Sternmöller über den Steg.

Der Bootsverleihbesitzer war in der vorderen Kajüte. Er testete die Gasheizung. »Kaum eingeschaltet, und schon wird es hier mollig warm.«

Van Grootern ließ sich in einen Polstersessel fallen, dem er zutraute, daß er nicht unter ihm zusammenkrachen würde. Seine Intuition hatte ihn nicht betrogen, der Sessel ächzte zwar ein bißchen, hielt aber stand. Van Grootern gab Sternmöller die Wagenschlüssel und einen Briefumschlag. »Hier ist wie versprochen die andere Hälfte der Chartergebühr in bar. Bin da voll und ganz Ihrer Meinung. Wir sollten unserem gemeinsamen *Feind* nicht allzuviel in den Rachen schmeißen.»

Sternmöller nickte ernst. »Bei der vorigen Steuererklärung hat man mir einfach den zweiten Geschäftswagen nicht anerkannt. Ganoven und Verbrecher sind das alle im Finanzamt, Herr Meerendonk!«

»Wem sagen Sie's. – Ach, da kommt ja schon mein Neffe.«

Harry stellte sein Auto neben van Grooterns. Mit einem schweren Koffer in jeder Hand balancierte er über die Planke. Sie bog sich spürbar unter dem Gewicht. ›Wenn der Steg beim Dicken gehalten hat‹, dachte Harry, ›lande ich auch nicht bei den Fischen.‹

Sternmöller hatte eine Flasche Sekt spendiert, um den Teilsieg über den *Feind* zu begießen. Er holte ein drittes Glas aus dem Geschirrschrank, als Harry sich zu ihnen setzte.

»Na, Kleener, du schaust auch richtig schön urlaubsreif aus der Wäsche.«

»Tag, Herr Sternmöller.« Harry setzte sich neben Sternmöller auf die Eckbank, Willems Sessel gegenüber. »Urlaubsreif, Onkelchen? Das ist beschönigt. Eigentlich müßte ich für eine Woche an den Tropf, soviel habe ich in den letzten Tagen geackert.«

»Trinken wir erst mal einen Schluck«, sagte Sternmöller, »und feiern wir, daß Sie jetzt zwei ruhige Wochen vor sich haben, ohne Telefon, ohne Fax, ohne Streß.«

»Nur das Plätschern der mecklenburgischen Wellen«, sagte van Grootern.

»Nur das Zwitschern der brandenburgischen Vögel«, sagte Sternmöller.

»Nur das Quabbeln der Quallen in der Lübecker Bucht.«

»Es bleibt bei unserer Absprache, Herr Meerendonk?«

»Es bleibt dabei«, sagte van Grootern. »Sie können Ihr Schiff am fünften des nächsten Monats in Hamburg abholen.«

Sternmöller legte den Umschlag mit dem Schwarzgeld in seine Brieftasche und erhob sich. »Dann will ich die Herren nicht länger aufhalten, den wohlverdienten Urlaub anzutreten.«

»Ich weiß gar nicht mehr, wie das ist, so ohne sich überschlagende Termine von morgens bis abends«, sagte Harry.

»Einmal im Jahr brauche ich das«, sagte van Grootern. »Angeln, Nichtstun, Skat spielen, ohne daß die Regierung gleich aufjault, wenn man mal mit ein paar guten alten Kumpels bis in den Morgen hinein zockt. Ich liebe meine Familie wirklich über alles in der Welt, Herr Sternmöller, das können Sie mir glauben. Meine Frau, die Kinder, besonders die beiden kleinen sind mein ein und alles. Aber einmal muß ich die Akkus *in Ruhe* auftanken.« Van Grootern ließ zur Untermauerung seiner leeren Akkus die Schultern hängen und brachte es fertig, sehr abgearbeitet auszusehen. »Ohne das ständige Geplärr der Gören!«

»Verstehe ich sehr wohl, Herr Meerendonk. Hab' selber einen Haufen davon. Manchmal ist man froh, wenn man sie für ein paar Tage einfach nicht sieht. Bei aller Liebe!«

Sternmöller schüttelte Herrn Meerendonk und seinem Neffen komplizenhaft die Hand. »Gute Fahrt und ahoi!«

»Böses Onkelchen, läßt schnöde Frau und Kleinkinder zurück, um sich mit dem Neffen biertrinkend und Süßwasserfische angelnd zu vergnügen!«

Van Grootern grinste breit. »Der Spruch mit der Familie ist nie falsch. Und das Schwarzgeld kam ihm sehr gelegen. Es gibt ab morgen Schulferien und er jettet mit den Seinen – seine Alte hätte unter Hitler das Mutterkreuz aus Platin bekommen – für eine Woche nach La Palma. Er wird also den ganzen Presserummel um uns gar nicht mehr mitbekommen. Und wenn er wieder zurück ist, ist schon Gras über die Sache gewachsen, und wir sind längst in Dänemark.«

Vierunddreissigstes Kapitel

Der Taxifahrer hatte nicht vor dem Hauseingang halten können, weil dort trotz Parkverbotsschild zwei Kleinbusse von der Telekom abgestellt waren. Hashimoto mußte vor der Döner-Bude auf der anderen Straßenseite aussteigen. Hashimoto bezahlte den Fahrer, gab ihm – es war in Japan schließlich auch nicht üblich – kein Trinkgeld und hielt sich die *Japan Times* vom Vortag als Regenschutz über den Kopf, während er schnellen Schrittes die Straße überquerte. Der Fahrstuhl stand im Erdgeschoß. Hashimoto drückte auf die Vier.

Im Institut traf Hashimoto Professor Watanabes Sekretärin Ito-san.

»Sensei! Der Herr von nebenan hat mich gebeten, Ihnen eine Nachricht zu übermitteln. Ich habe Ihnen einen Zettel hingelegt.«

»Ah, soo desu ka?« Hashimoto ging sofort zu seinem Schreibtisch. Es war eine handschriftliche Notiz von Ito-san. Nur zwei Sätze. Hashimoto las und dachte: ›Das habe ich kommen sehen!‹

Er hielt den Zettel mit den Fingerspitzen, als fürchtete er sich davor, von der Nachricht, die auf ihm geschrieben stand, beschmutzt zu werden. ›Ich habe es geahnt. Die Leute, die immer für ihn gearbeitet haben, waren mir höchst suspekt. Jetzt hat er die Quittung dafür bekommen!‹ Hashimoto las van Grooterns Nachricht noch einmal. Er zerknüllte den Zettel und warf ihn mit einem Achselzucken in den Papierkorb. ›Tja, wenn er so schnell das Weite suchen mußte, scheint es pressiert zu haben.‹ Er starrte aus dem Fenster und überlegte, dann holte er den Zettel wieder aus dem Korb. ›Hmm, was soll mir denn schon groß passieren. Schriftliche Unterlagen, die auf einen Kontakt zwischen *Kokubo* und der *Snelvracht* deuten könnten, existieren nirgendwo. Und für *Kokubo* eine Immobilie zu erwerben, ist schließlich nicht strafbar!‹ Hashimoto zerriß den Zettel in lauter winzige Fetzen und öffnete das Fenster. ›Es wäre allerdings ein Jammer, wenn der letzte Transport verloren gehen würde.‹ Er streute die Papierschnipsel auf die Gerüstbohlen. Ein Luftzug verwirbelte sie augenblicklich. Die Sekretärinnen hatten einige von den größeren Bonsais auf die Rüstung hinausgestellt. Angeblich tat es ihnen gut, gelegentlich mit richtigem Regenwasser begossen zu werden.

Plötzlich durchfuhr es ihn siedend heiß. ›Scheiße, der Himmler. Was ist, wenn er ihn vergessen hat?‹ Hashimoto verwarf die Idee, einfach mit Hilfe des Generalschlüssels, den van Grootern im Kulturinstitut deponiert hatte, nachzuschauen. (»Für alle Notfälle, falls ich meinen mal verbummelt haben sollte!«) Statt dessen schloß er die Bürotür von innen ab und öffnete das Fenster. Die Bauarbeiter waren mit dem Verputzen der Hoffassade in den ersten beiden Etagen angelangt. Von ihnen war im vierten Stock auf dem Gerüst niemand zu sehen. Und sollte jemand auftauchen, wäre er, Hashimoto, ein Bonsaifreund, der sich um seine Pflänzchen sorgte. Er schwang sich auf das Gerüst. Die Laufbohlen verliefen in Höhe der Fensterbrüstung.

Van Grooterns Zimmer lag direkt neben seinem. Das Fenster war nur angelehnt. Neben der Faxmaschine lag das weiße Minibündel. ›Scheiße!‹ Hashimoto schaute nach rechts und links und stieß das Fenster weiter auf. Dann sprang er.

Fünfunddreissigstes Kapitel

Müller hatte mich um Punkt neun Uhr zehn am Oranienplatz abgesetzt und war anschließend zu Hauptkommissar Binder in die Direktion gefahren. Hashimoto traf ein paar Minuten nach mir ein. Ich hörte, wie die Ito ihn begrüßte. Professor Watanabe hatte mir einen Artikel aus der *Yomiuri*-Zeitung zum Übersetzen gebracht. Es handelte sich um einen Feuilletonartikel mit der Überschrift: *Zwanzig deutsche Germanisten als Gäste bei den deutschen Goethe-Wochen in Osaka und Kobe.* Ich versuchte, mich auf den Text zu konzentrieren, aber die gewohnte Arbeitsroutine wollte sich einfach nicht einstellen. Das Telefon läutete.

»Japanisches Kulturinstitut, Hofmann am Apparat. Ja, bitte?«

»Ich bin's, Herr Hofmann.« Es war Bößners Stimme. »Ich glaube, Hashimoto plant nichts Gutes. Er ist eben über die Rüstung zu van Grootern ins Zimmer geklettert.«

»Wissen Sie, wo Binders Leute im Moment stecken?«

»Keine Ahnung. Einer ist vielleicht in der Tiefgarage. Soll ich sie holen?«

»Sehen Sie zu, daß Sie die Burschen auftreiben, und sagen Sie ihnen, daß hier etwas im Busch ist, das mir gar nicht gefällt. Sie sollen umgehend Kommissar Binder informieren.«

Es mochte unklug sein, nicht auf Binders Leute zu warten, aber wenn ich herausbekommen wollte, was Hashimoto im *Snelvracht*-Büro zu schaffen hatte, mußte ich sofort handeln. Ich kletterte ihm hinterher. Er untersuchte gerade den Schreibtisch von van Grootern, benutzte zum Öffnen der Türen und Schubladen sein Ziertuch. Neben der Faxmaschine lag der Himmler. Als Hashimoto mit dem Durchsuchen fertig war, stopfte er ihn in die Hosentasche. Es wurde allerhöchste Zeit für mich, wieder zu verschwinden. Ich drehte mich um und stieß mit der Schuhspitze gegen ein Holzgestell auf dem eine Bonsai-Schale stand. Gestell und Schale fielen um. Die Schale, eine Art flacher Blumentopf, zerbrach. Hashimoto war mit einem Satz neben mir auf der Rüstung. Er sagte nichts. Ich sagte nichts. Die Situation war klar. Ich griff nach dem Bonsai-Gestell.

SECHSUNDDREISSIGSTES KAPITEL

Will der Inhaber eines sechsten Dans im Karate auf die maximal einen Meter fünfzig breiten Laufsteg eines Baugerüsts ohne Handlauf einem Träger des dritten Dan Aikido etwas Übles, dann steht das Ergebnis von vornherein fest. Aikido ist die Kunst des eleganten Ausweichens, und besonders elegant kann man ausweichen, wenn man Platz dazu hat, je mehr, desto besser.

Die Kunst im Karate hingegen besteht größtenteils aus Techniken, die mittels Tritt, Schlag oder Stoß den Punkt A mit Punkt B geradlinig, kraftvoll und schnell verbinden. Punkt A kann die Faust, der Ellenbogen oder das Knie sein, aber auch eine gespreizte Hand oder ein Hacken. Punkt B ist immer eine Schwachstelle in der Anatomie des menschlichen Körpers: das Sonnengeflecht, die Schläfen, ein Auge, die Hoden. Lang ist die Liste für Punkt B.

Besonders viel Platz, um eine Technik effektiv auszuführen, benötigt man im Karate nicht. Ist Punkt B das Kinn und Punkt A eine Faust in achtzig Zentimeter Abstand, dann reicht das für die Kunstausübung allemal aus.

Als Hashimoto sah, wie ich nach dem Holzgestell griff, umspielte ein süffisantes Lächeln seine Lippen. Ich hielt das Gestell wie einen Schild vor meinen Oberkörper. Ein gerader Tritt, ansatzlos ausgeführt, ein Mae-geri, zertrümmerte den Blumenständer, der immerhin aus massiver Eiche war. Aber Hashimoto hatte Erfahrung im Kleinmachen von Hartholz, wie er mir schon in Potsdam eindrucksvoll bewiesen hatte. Ich taumelte von der Wucht des Tritts einen Schritt rückwärts. Die Bauarbeiter hatten teilweise schon mit dem Gerüstabbau in den oberen Etagen begonnen. Jemand hatte eine kurze Metallstrebe liegengelassen. Ich riß sie hoch und hielt sie Hashimoto mit ausgestreckten Armen entgegen, die Spitze der Strebe zeigte auf seinen Kehlkopf. Neben uns ging es vier Stockwerke nach unten.

Hashimoto sagte nur verächtlich »Me!« – einem Kleinkind verbietet man mit diesem Ausruf etwas, oder einem Haustier – und griff blitzschnell mit der rechten Hand nach dem Eisenrohr. Mit dem linken Bein trat er. Mawashi-geri, Roundhouse-kick nennt man die Technik, zu der er ansetzte.

Beim Mawashi-geri tritt man mit dem Spann oder mit dem

Fußballen. Der Mawashi-geri ist das Äquivalent zu einem seitlichen Schwinger im Boxen. Der Vorteil der Technik ist, daß man um ein Hindernis – meine auf Hashimoto gerichtete Eisenstrebe – seitlich herum treten und dennoch vitale Punkte treffen kann – eine Schläfe, die Halsseite, oder etwas tiefer, die kurzen Rippen. Korrekt ausgeführt reißt man beim Mawashi-geri den Oberschenkel mit angewinkeltem Unterschenkel hoch, dreht sich auf dem Standbein, so daß die Zehenspitzen vom Standbein nicht mehr wie beim Hochreißen auf den Gegner, sondern zur Seite zeigen, bringt dann Unter- und Oberschenkel in die Horizontale und läßt den Unterschenkel in einer peitschenförmigen Bewegung vorschnappen. Der Oberkörper ist dabei leicht nach hinten gelehnt.

Mawashi-geri ist ein Tritt, ausgeführt von einem Experten, der ohne weiteres Betonplatten zertrümmern – und der mit Leichtigkeit einen vorwitzigen Aikidoka, wie ich es war, von der Brüstung fegen konnte, selbst wenn der Spann, oder in diesem speziellen Fall Hashimotos Schuh, nicht meine Halsschlagader, sondern nur meinen Hintern traf.

Für das geübte Auge eines Karatekämpfers ist ein halbkreisförmiger Mawashi-geri eine winzige Spur leichter zu erkennen, als ein gerader Mae-geri-Tritt; ganz besonders leicht wird es, wenn der Ausführende beim Vorschnappen des Unterschenkels mit der Schuhspitze an einer Gerüststange hängenbleibt. Das schaffte sogar ich.

Für den Bruchteil einer Sekunde schien es, als übte sich Hashimoto in einer Form von surrealistischem Spagat: Ein Fuß auf den Laufbohlen, ein Fuß in Kopfhöhe festhängend zwischen Hausfassade und einer senkrechten Gerüststange. Hashimoto befreite sich aus seiner mißlichen Lage, indem er den eingeklemmten Fuß mit aller Kraft zurückriß. Genau in diesem

Moment ließ ich die Metallstrebe los, die er die ganze Zeit über mit der rechten Hand festgehalten hatte.

*

Wir waren alle auf dem Flachdach bei Bößner im Wintergarten. Bößner brachte eine frische Kanne Kaffee. »Sie haben ihn eben abtransportiert.«

Ich nickte. Der Schock steckte mir noch immer in den Gliedern. Um ein Haar hätte *ich* den Hof des Taut-Hauses in einem Zinkbehälter verlassen und nicht Hashimoto. »Wann wird Kommissar Binder hier sein?« wandte ich mich an die Polizeibeamten, denen Bößner Kaffee nachschenkte.

»Ich versuche mal, ob ich ihn kriege«, sagte einer. »Draußen auf dem Dach müßte der Empfang ausgezeichnet sein.« Er trat auf das Flachdach. Kurze Zeit später kam er herein und gab mir sein Funksprechgerät: »Der Chef will Sie selbst sprechen. Machen Sie das am besten auch draußen.«

»Andi?«

»Ja«, sagte ich. »Gesund und munter, bloß etwas blaß um die Nase.«

»Das legt sich wieder. Gratuliere jedenfalls, daß du noch unter den Lebenden weilst, war ja wohl knapp. Bin ein wenig im Streß hier. Nur eine einzige Frage: Hat es Augenzeugen gegeben für das, was sich zwischen dir und Hashimoto auf dem Gerüst ereignet hat?«

»Nicht daß ich wüßte, Bößner hätte als einziger was sehen können, aber er hat ja versucht, deine Leute zu alarmieren, und auf dem Hof war niemand.«

»Dann habe ich eine wirklich eindringliche Bitte, Andi. Und

zwar in deinem ureigensten Interesse. Andi! Bis ich mit Herrn Müller am Oranienplatz bin, kein Wort zu niemand, was sich auf dem Gerüst ereignet hat. Hast du mich verstanden? Kein einziges Wort!«

»Gut, einverstanden. Wann wirst du hier sein?«

»Hab bitte noch etwas Geduld – oder halt! Einer von meinen Leuten kann dich in die Direktion fahren. Wir sehen uns dann spätestens in einer Stunde dort. Oder willst du selber fahren?«

»Ich glaube, im Augenblick wäre es mir lieber, nicht selber fahren zu müssen. Es war herb, was hier abging.«

Siebenunddreissigstes Kapitel

Die Befragung durch die Polizei fand bei Binder im Büro statt. Der zuständige Staatsanwalt und ein Protokollant waren ebenfalls anwesend. Binder führte die Vernehmung. Ich gab zu Protokoll, was man mir in Absprache mit dem Staatsanwalt vorher geraten hatte. Wir beließen es also offiziell dabei, daß ich zufällig Augenzeuge von Hashimotos Selbstmord gewesen war. Eines Selbstmordes, der begangen worden war aus Verzweiflung über das drohende Anklagepaket.

Müller begleitete mich in die Goethestraße, um mir beim Packen zu helfen. Es gab ein Dutzend Gründe, der Hauptstadt schnellstmöglich den Rücken zu kehren. Einer von den Gründen war, daß niemand genau wußte, ob außer Hashimoto noch jemand im Kulturinstitut für die Yakuza arbeitete.

»Wenn er Sie mit dem zweiten Tritt erwischt hätte, lägen Sie jetzt an seiner Stelle im Leichenschauhaus.«

»Ich gebe zu, es war unüberlegt, Hashimoto auf das Gerüst zu folgen.« Müller half mir beim Zusammensuchen der notwendigsten Sachen. Wir stopften alle Taschen, Koffer und Plastiktüten, die ich besaß, damit voll. Den Rest würde eine vertrauenswürdige Spedition erledigen, die bestimmt nicht *Snelvracht* hieß. »Aber wenn es ihm gelungen wäre, den Himmler verschwinden zu lassen, dann wäre die ganze Beweiskette Kokubo-Marijett-Snelvracht-Gruber zerrissen. Ihm selber hätte man vermutlich nicht sehr viel anhaben können. Ein guter Anwalt hätte ihn da schon rausgeboxt.«

Müller nickte und wickelte meinen Computer in eine Decke. »Soll ich den auf den Rücksitz tun?«

»Ja, aber legen Sie noch was drauf, meinen Schlafsack zum Beispiel und eine von den Reisetaschen. Ich habe es nicht so gerne, wenn beim leichtesten Bremsen alles durch die Gegend fliegt, besonders nicht mein Computer.«

Katzenkater kringelte sich schon in seinem Reisekorb auf dem Beifahrersitz. Das Katzenklo hatte ich in den Fußraum vom Beifahrersitz gestellt. In den Fahrpausen würde ich ihn aus dem Korb lassen.

Müller hob den letzten Koffer auf die Ladefläche. Ich deckte den Kofferraum mit meinen Wintermänteln ab und drückte die Heckklappe zu.

»Gute warme Sachen zu besitzen, ist ab Herbst in der Rhön kein Fehler«, sagte Müller. »Die Jagdhütte in Simmershausen bleibt oft tagelang eingeschneit.«

»Esbeck hat mich vorgewarnt. Außerdem habe ich in seinem Manuskript gelesen, wie es im Winter dort oben ist.« Ich gab Müller meine Wohnungsschlüssel. »Bis auf den Schreibtisch und den Sessel kann eigentlich alles auf den Sperrmüll.«

»Wird umgehend erledigt.« Müller reichte mir die Hand und

drückte sie fest. »Durch Ihr Mitwirken haben wir es zumindest geschafft, der Japan-Mafia die Deutschlandpremiere nachhaltig zu vermasseln.«

»Sie werden es wieder versuchen, Herr Müller. Die sind verdammt hartnäckig.«

»Ich weiß, deshalb erhoffen wir uns auch in Zukunft, daß Sie gelegentlich für uns arbeiten werden, falls Not am Mann ist.«

Ich hatte länger mit Esbeck telefoniert, er hatte mir geraten, nicht zu bescheiden zu sein. »Das hängt ganz davon ab, wie Sie mir meine bisherige Mitarbeit vergüten werden, ich meine, über den Vorschuß hinaus. Meine Kontonummer haben Sie ja. Nicht daß ich geldgierig wäre, Herr Müller, aber das Eine werden Sie doch wohl bestätigen können: für die Kulanz-AG zu arbeiten, ist erwiesenermaßen nicht ganz ungefährlich.«

»Sie werden zufrieden sein, Herr Hofmann, sobald Sie in den nächsten Tagen Ihren Kontostand abfragen. Und grüßen Sie mir den Herrn Esbeck herzlich. Das Angebot meiner Geschäftsleitung an Sie, in Zukunft irgendwann einmal wieder mit von der Partie zu sein, gilt natürlich auch für ihn.«

»Ich werde es ihm ausrichten, Herr Müller.«

Bis Helmstedt waren es zwei Stunden, bis Göttingen drei, Kassel vier. Falls ich in keinen Stau kam, würde ich in fünf Stunden in Fulda sein. Pieselpause für Katzenkater und mich inklusive. Runter von der Autobahn mußte ich dann in Fulda-Nord. Ab dort sollten es bloß noch dreißig bis vierzig Minuten Fahrzeit sein, so man nicht raste. – Aber wie, bitte schön, kam ich nächtens von Fulda zum Fladungschen Jagdhaus in der Nähe von Simmershausen? Wenn man Esbecks Wegbeschreibung Glauben schenken durfte, benötigte man zum Auffinden des Hauses Kompaß und Sextant. Ich nahm mir vor, an einer Autobahntankstelle einen Straßenatlas zu kaufen oder wenigstens eine Gebietskarte. Ich hatte mich schließlich auch in Tokio und Seoul zurechtgefunden.

Achtunddreissigstes Kapitel

Der aufkommende scharfe Ostwind zerpflückte die Nebelschwaden. Auf der überdachten, aber unbeheizbaren Kommandobrücke eines schnittigen Kajütkreuzers, der auf dem Elbe-Lübeck-Kanal gen Norden rauschte, saßen zwei Männer und rauchten teure Zigarren.

»Hashimoto und Selbstmord, der *Stern* hält auch an der Version fest. Wer hätte das gedacht?« Harry klemmte die Zeitschrift, die er an der Schleuse gekauft hatte, hinter das Barometergehäuse. »Hattest du mir nicht immerzu erzählt, er wäre ein so knallharter Kämpfer? Und was macht dieser Superkaratemann und Yakuza-Unterhäuptling? Er springt, als es ein wenig brenzlig wird, hoppel-di-hopp vom Baugerüst und exitus!«

Willem van Grootern bließ genießerisch den Rauch seiner 70-DM-Davidoff durch die Nase und räusperte sich. »Zu deiner Belehrung, mein junger Freund: Das, was Hashimoto getan hat, ist Tradition in Japan. Ist die Situation ausweglos, oder hat man Mist gebaut, gilt Selbstmord als ehrenvoller Abgang aus der Welt des irdischen Staubes. Alte Samurai-Tugend, Harry. – Tee gefällig? Das Wasser kocht.«

Harry übernahm das Steuerruder, während Willem in der Kajüte verschwand, um den hektisch pfeifenden Wasserkessel vom Gas zu nehmen.

»Einen Lapsang-Souchong- oder lieber einen Jasmintee?« tönte es von unten.

»Ist mir relativ egal, Hauptsache, du braust uns etwas Heißes.« Eine knappe Viertelstunde war Harry auf der Brücke, und trotz wattierter und gummierter Daunenjacke, trotz glimmender Havanna kroch ihm dennoch langsam die Kälte unter die Kleidung. »Schütt mir einen ordentlichen Schuß Rum rein, und vergiß den Zucker nicht!«

Van Grootern brachte zwei emaillierte Henkeltassen und eine Untertasse mit grobem Kandiszucker. »Hier, die rote ist deine, Barbar, unverbesserlicher! Zu Rauch- oder Jasmintee paßt einfach kein Rum – Zucker eigentlich auch nicht!«

»Ist mir scheißegal, was paßt oder was nicht. Ich bin seit einer Woche am Erfrieren. Du erinnerst dich vielleicht ganz schwach: Der einzige brauchbare Gasofen, außer diesem altersschwachen Elektro-Miefquirl in der Kombüse, hat genau zwanzig Minuten, nachdem der nette Herr Sternmöller von Bord gegangen ist, unwiderruflich seinen Geist aufgegeben.«

»Ich erinnere mich sogar sehr gut. Auch daran, daß du es warst, der den Hebel von der Gaszufuhr behandelt hat, als gelte es, Gruber mit einer Hand zu erwürgen.«

Harry griente van Grootern an. »An den habe ich da nicht mehr gedacht. Kann ich was dafür, daß ich so kräftig bin und das Gasventil aus Pappe zu sein scheint?« Seine Miene verdüsterte sich. »Jedenfalls bibbere ich seitdem permanent.«

»Diese Jugend von heute, völlig verweichlicht!« Van Grootern setzte sich neben Harry. »Stell dich nicht so an! Besser mal ein paar Takte frieren als eine beheizte Zelle in Untersuchungshaft. Wenn wir einen Monteur an Bord geholt hätten, wären wir ein nicht mehr kalkulierbares Risiko eingegangen. Meine Personenbeschreibung war in jedem Provinzblatt drin – und darin sind wir uns doch wohl einig: Ich bin so ziemlich unverwechselbar!«

»Vorgestern in Schwerin war für die Zeitungsheinis das Thema aber nur noch abgestandener Kaffee. Da hätten wir es wagen können.«

Van Grootern schüttelte energisch den Kopf. »Und der neue *Stern*? Der hat wieder alles schön aufgerührt. Nein, eine Woche war ausgemacht, eine Woche sollte meine Wenigkeit den Augen dieser Welt entzogen werden. Und diese Woche ist heute um. In zwei Stunden sind wir in Lübeck, und dein Martyrium nähert sich dem Ende. Denk an unser Hotel dort, vier Sterne im Schlummeratlas, denk an das *Schabbelhaus* und an den Ratsherrentopf mit frischen Champignons, denk an die *Schiffersgesellschaft* und die Weinauswahl, die sie dort haben – und an das *Café Niederegger.*«

»Ich mag kein Marzipan«, knurrte Harry gereizt. »Vor allen Dingen denke ich unaufhörlich daran, daß wir in Lübeck endlich diesen gottverdammten Kahn verlassen können. Noch einen Tag länger, und ich wäre nahe dran, Hashimoto aus schierer Langeweile in die ewigen Jagdgründe zu folgen, oder wie immer man das in Japan bezeichnen mag.«

»Nirwana, Harry, man nennt es dort Nirwana.«

»Trifft er im Nirwana auf Gruber und die Seinen?«

»Auf Gruber vielleicht, der war bestimmt nicht religiös. Wronschieck und Marek trifft er dort garantiert nicht. Die schmoren im Fegefeuer. Das waren gute Polen, und gute Polen sind *alle* Katholiken. Die kommen nicht ins Nirwana.«

»Ist es angenehmer im Nirwana oder in der Hölle? Bitte erklär es mir, Willem!«

Van Grootern griff Harry ins Steuerrad und korrigierte den Kurs. »Das wäre bei der Wassertemperatur und der Strömung, die hier herrscht, fast keine rhetorische Frage mehr geblieben. Achtsam, junger Freund!« Das Motorboot machte einen Schlenker um einen Betonpfahl.

»Ich habe dich etwas gefragt«, sagte Harry völlig unbeeindruckt von der Beinahe-Kollision.

»Na, gut! Ich will mal nicht so sein und etwas für deine Allgemeinbildung tun. Also: Das Nirwana ist das absolute Nichts, das Verlöschen.«

Harry rümpfte die Nase. »Ich glaube, das ist mehr was für Japaner.«

Neununddreissigstes Kapitel

»Zzaaa!« Kurihama saß auf Fujitas Sessel und schnitzte mit einem Taschenmesser kleine Kerben in seinen Apfel. »Und jetzt?«

Fujita stand mit dem Rücken zu Kurihama, starrte mit verschränkten Armen auf den flutlichtbestrahlten Containerhafen von Yokohama und schwieg. Am Hollandterminal, wo sonst um diese Zeit die *Kaiko-Maru* vor Anker lag, wurde ein rostiger Bananendampfer entladen.

»Und jetzt?« wiederholte Kurihama. »Hashimoto und Selbstmord – das ist doch einfach lächerlich, um nicht zu sagen grotesk!«

Fujita drehte sich abrupt zu Kurihama um. Auf seinem Bulldoggengesicht lag etwas, das man vielleicht mit allergrößter Mühe als ein Lächeln definieren konnte. »Ich werde morgen nach Deutschland fliegen, Kurihama.«

»Zzaaa!« zischelte Kurihama und schnitzte seelenruhig weiter. »Sag an, nach Deutschland!«

Fujita richtete den Zeigefinger auf seinen Kompagnon. »Und du, mein Verehrtester, du wirst mich begleiten.«

Kurihama rutschte mit dem Messer ab und schnitt sich in den Daumen.

Vierzigstes Kapitel

Viele Katzen geraten bei Autofahrten in Panik. Katzenkater nicht, er schlief die meiste Zeit. Als ich in Braunschweig und Kassel Pause machte, um zu tanken und eine Tasse Kaffee zu trinken, ließ ich ihn aus seinem Körbchen, und er benutzte brav sein Katzenklo. »Bald haben wir es geschafft, Dicker. Dann beginnt das gesunde Landleben.« Katzenkater kommentierte meine Ankündigung mit einem herzhaften Gähnen und döste wieder ein.

Ich hatte von der Autobahngaststätte Kassel aus Esbeck erreicht.

»Ab Hilders lotse ich dich besser«, hatte er gesagt. »Frag dich dort nach dem Gasthaus *Zum Engel* durch. Ich esse da eine Kleinigkeit, während ich auf dich warte … so gegen acht?«

Als wir in Hilders eintrafen, war es stockdunkel. Es stürmte und regnete, was die Schleusen des Himmels herzugeben vermochten. Ohne Esbecks Lotsendienst hätte ich Stunden gebraucht, um die Jagdhütte zu finden, die er von einem alten Rhönbauernpaar gemietet hatte.

Esbeck fuhr auch einen Saab, und er kannte sich in der Gegend aus. So, wie er vor mir herbretterte, konnte man nicht unbedingt von einer der Witterung oder der Tageszeit angemessenen Geschwindigkeit reden. Wir rumpelten über wacklige Brücken, schleuderten durch schlammige Haarnadelkurven und machten abwechselnd Bekanntschaft mit krimineller Steigung und adrenalinprovozierendem Gefälle. Ein kleiner Teil der Wege und Sträßchen war asphaltiert, der Rest war Schotterfahrbahn, dann kam ein kaum befestigter Feldweg. Ein letztes, steiles Wegstück, und wir waren am Ziel. Hinter einem schulterhohen, dünnmaschigen Wildzaun lag auf einer Lichtung die Jagdhütte inmitten einer niedrigen Edeltannenschonung. Ich hörte entferntes Hundegebell, Katzenkater stellte sich auf die Vorderpfoten und spitzte die Ohren. Esbeck hielt vor einem Drahttor und stieg aus. Ich fahre gern zügig, aber ich muß gestehen, als ich hinter Esbeck zu stehen kam, hatte ich Schweißtropfen auf der Stirn. Zwei Hunde rannten auf das Tor zu und machten Platz. Esbeck kam zu mir an den Wagen, in der Hand hielt er ein doppelläufiges Jagdgewehr. Ich ließ das Fenster hinunter und deutete auf das Gewehr. »Wegen unserer Freunde aus Fernost?«

Esbeck nickte. »Während meiner Abwesenheit ist kein Fremder hier in der Nähe gewesen. Das würde ich den Tieren anmerken. Aber Vorsicht ist die Mutter der Porzellankiste. Darf ich bekanntmachen: Das sind Wolga und Etzel. Wolga ist die Schäferhündin. Fahr mir hinterher! Sie werden am Tor sitzen bleiben und aufpassen, daß niemand hinter uns hereinschlüpft – bis ich es ihnen erlaube, wieder aufzustehen.«

»Und dann?« Der Kraftbolzen von einem Bullterrier namens Etzel, der neben Wolga hockte, machte auf mich nicht den Eindruck, als würde er mir zur Begrüßung Pfötchen geben.

»Dann? Dann stelle ich dich ihnen vor, das ist so Sitte.«

»Katzenkater auch?«

»Dein Kater kommt später dran. Die Hunde sind auf dem Fladungschen Hof unten groß geworden und von klein auf an Katzen gewöhnt.«

»Aber Katzenkater nicht an Hunde!«

»Wirst sehen, es klappt. Eine von meinen Nichten war mal zu Besuch hier und hat ihr Kaninchen mitgebracht. Das ging auch gut. Außerdem laß ich die Hunde vorerst nicht ins Haus. Wenn sie dich als zum Rudel gehörig akzeptiert haben, tolerieren sie auch deine Freunde.«

Mein Freund hatte beschlossen, daß ihn das alles nichts anging und sich wieder zusammengekringelt.

Ich fuhr meinen Wagen neben Esbecks unter ein holzschindelgedecktes Schutzdach. Esbeck schloß die Tür zur Jagdhütte auf, und wir stellten das Katzenklo ins Badezimmer. Dann holte ich Monsieur aus dem Auto und ließ ihn aus dem Korb. Die Hunde bewegten sich keinen Zentimeter vom Fleck, obwohl sie bestimmt Katzenkaters Miauen hörten. Ich stellte ein Schälchen mit Brekkies auf das Küchenfensterbrett und füllte ein zweites mit Wasser.

»Kommst du mit?« Esbeck, der beim Autofahren nur ein Jackett angehabt hatte, zog ein weites, gummiertes Regencape über. »Einmal mit den Hunden innen am Zaun entlang. Dauert knapp zwanzig Minuten, danach habe ich schon einen kleinen Imbiß für dich vorbereitet. Bißchen Käse und Wein. Und hausgemachten Schwartenmagen von der Bäuerin.«

»Kann nichts schaden, wenn ich mir vorher ein bißchen die Beine vertrete. Besonders nach sechs Stunden hinter dem Lenkrad.«

»Du kannst meinen alten Regenmantel da nehmen. Hüte hängen genug herum.«

Der Hut war aus Filz und breitkrempig im Luis-Trenker-der-

Berg-ruft-Stil. Der Mantel ging mir bis an die Waden, war dunkelgrün, und ich sah aus wie ein leibhaftiger Oberföster. »Voilà!«

Esbeck nickte anerkennend. »Regel Nummer eins und zwei, um hier nicht negativ aufzufallen: Gehst du runter ins Dorf, lauf immer so oder ähnlich herum und grüße stets jeden, der dir begegnet, und die Leute werden nur Gutes über dich reden!« Er verschloß die Hüttentür mit einem kompliziert aussehenden Sicherheitsschlüssel. »Der macht auch die Alarmanlage scharf.«

»Kein Gewehr?«

Esbecks linke Hand schob sich durch einen Schlitz in Brusthöhe und hob das Regencape hoch. Unter seiner rechten Achselhöhle klemmte eine kurzläufige Flinte. »Schrot, eine Spezialpatrone Marke Eigenbau von meinem Bauern. ›Damit stoppen Sie sogar ein Wildschwein‹, hat er mir versichert.«

Ich ging mit Esbeck zum Zauntor. Er zog es zu und sicherte es aufwendig mit einem faustgroßen Vorhängeschloß.

»Sehr beruhigend«, sagte ich. »Und was ist mit den vierbeinigen Kameraden hier?« Wolga und Etzel verfolgten jede meiner Bewegungen aufmerksam und mit einer gewissen Spannung.

»Jetzt kommt die Initiation, mein Lieber.« Esbeck legte mir die Hand auf die Schulter und sagte mehrmals langgezogen: »Guut, guut!« Die Hunde begannen augenblicklich mit den Schwänzen zu wedeln. »So, jetzt kannst du sie anfassen.«

Ich ging auf die Tiere zu und tätschelte sie.

»Hast ja nicht gerade eine Hundephobie«, sagte Esbeck.

Wir machten uns auf den Weg. Es regnete immer noch stark, aber der Sturm hatte sich gelegt. Hinter der Edeltannenschonung stand ein LKW-Anhänger. Kiefernstämme, zum Abtransport vorbereitet und von Ästen und Zweigen befreit, lagen daneben. Der Waldboden war aufgewühlt von Traktorenrädern. Die

Hunde trollten vor uns her. Plötzlich blieb Wolga stehen und begann leise zu knurren. Etzel schnupperte in alle Richtungen, dann knurrte er auch und starrte mit Wolga den Anhänger an. Ich vernahm ein metallisches Klicken dicht hinter mir. Esbeck hatte seine Waffe entsichert.

»Duck dich!« flüsterte er mir zu. »Irgendwas ist da – oder irgendwer!« Er ging hinter einem Baumstumpf in Deckung und rief: »Faß!« Wolga und Etzel rannten bellend los. Etzel machte einen gewaltigen Satz auf die Ladefläche. Wolga schaffte es nicht. Sie rutschte ab. Ein Schatten sprang vom Anhänger. Zweige knackten. Der Schatten kam auf mich zu, verfolgt von den Hunden. Drei, vier Meter vor mir stoppte er und schlug sich seitlich ins Unterholz. Etzel und Wolga folgten ihm kläffend. Ich hörte ein metallisches Klacken. Esbeck hatte den Sicherungshebel umgelegt. »Puh, das war zum Glück bloß ein Paar Knopfaugen!«

»Hä?«

Esbeck richtete sich auf. »Ein alter Bekannter von Etzel. Er hat ihn zum Fressen gern. Ein Marder.«

Ich stand immer noch ein wenig unter Schock. »Wie bitte?«

»Marder«, sagte Esbeck, »haben Knopfaugen.«

BERLIN CRIME 9

Ein elfjähriger Junge erdrosselt im Maisfeld. Ein Zwölfjähriger stirbt nach einem Telefonat. Dietrich Köllings vierter Fall.

Frank Goyke: RUF DOCH MAL AN

Kriminalroman, BERLIN CRIME 9

Broschur, 192 Seiten, ISBN 3-929139-19-7

Ein Schockanrufer hält Eltern und Kinder im Ostberliner Bezirk Hohenschönhausen in Atem. Der Mann ruft in den Nachmittagsstunden Kinder an und zwingt sie unter Drohungen, sich selbst Gewalt anzutun. Dieser Fall tangiert Dietrich Kölling nicht. Er weiß von ihm nur aus dem Polizeibericht; das ist Sache der Polizeidirektion Sieben, und dort soll der Fall gefälligst auch bleiben.

Doch unversehens wird er auch zu Dietrich Köllings Angelegenheit. Der elfjährige Schüler Paul Hagedorn wurde in einem Maisfeld aufgefunden, nackt und erdrosselt. Der Tatort befindet sich in unmittelbarer Nähe des Neubaugebietes Hohenschönhausen.

Wenige Tage, nachdem Dietrich Kölling und sein Team die Ermittlungen aufgenommen haben, bleibt ein zweiter Junge auf der Strecke. Kurz vor seinem Tod hat er telefoniert.

Frank Goyke, geb. 1961 in Rostock. Redakteur, Lektor und Autor. Lebt in Berlin. Goyke ist der Erfinder des Kriminalistentrios um den Kommissar Dietrich Kölling.

Ruf doch mal an ist der vierte Dietrich-Kölling-Krimi. Weitere folgen.

»An diesem knurrigen Kommissar hätte Chandler seine helle Freude gehabt.« *Die Welt*

»Da stimmen die Örtlichkeiten und die Strukturen bis ins letzte Detail, die Sprache bis in die feinsten Untertöne.« *Neue Zeit*

Jede Großstadt hat das Verbrechen, das sie verdient.

BERLIN CRIME 10

**Tödliche Aufputschmittel in Fitneßstudios am Ku'damm.
Holländische Händler, fernöstliche Exotik und Berliner Milieu.**

Jürgen Ebertowski: AIKIDO SPEED

Kriminalroman, BERLIN CRIME 10

Broschur, 192 Seiten, ISBN 3-929139-20-0

Nach ihrer Rückkehr aus Japan hat die Ordensschwester und Gymnasiallehrerin Vera Veltheim in Berlin eine Aikidogruppe für Schüler aufgebaut. Der Zuspruch ist groß, die Kampfsportarten boomen. Gerhard Schellkowski allerdings, Inhaber eines Körperstudios, hat sich verspekuliert. Um seine Schulden abzutragen, bietet er seinen Kunden nicht nur Übungen an, sondern auch Aufbaumittel und Pillen, die die Leistungskraft steigern.

Der Berliner Drogenmarkt ist in fester Hand, als sich eine Gruppe von holländischen Händlern anschickt, die Claims neu zu verteilen. Schellkowski ist der erste, den sie von der Konkurrenz loszueisen versuchen. Der Lehrerin Vera fällt bei einigen ihrer Aikidoka eine Verhaltensänderung auf: Sie erkennen ihre Grenzen nicht mehr, übertreiben bei den Übungen maßlos,02111 scheinen schmerzunempfindlich zu sein. Dann wird bei einer Schulfete ein Schüler erstochen. Der Junge war mit Schellkowski bekannt.

Jürgen Ebertowski, geboren 1949 in Berlin, Studium der Japanologie, arbeitete als Lehrer in Tokio, Dozent für Kampfsport an der Hochschule der Künste Berlin. Weitere Krimis folgen bei *BERLIN CRIME.*

»Eine gelungene Kombination aus spannender Story und Kulturreport« *Die Tageszeitung*

»Ein Krimi, der anschauliche Einblicke verschafft in die Organisationsstruktur der Drogenschieber und in die Motive der User, der dopenden Sportler: Die Sache war gut eingespielt und alle verdienten daran. *HNA/Hessische Allgemeine*

»Wie in einem japanischen Haiku: Da ist alles drin.« *Berliner Zeitung*

Jede Großstadt hat das Verbrechen, das sie verdient.

BERLIN CRIME 11

Ein Senatsbaurat fällt vor die S-Bahn, ein Senator genehmigt den Lauschangriff, ein Bulle verliebt sich in eine Mafia-Braut.

–ky: FENDT HÖRT MIT

Kriminalroman, BERLIN CRIME 11

Broschur, 192 Seiten, ISBN 3-929139-21-9

Senatsbaurat Dr. Lübz wird ermordet aufgefunden. Kriminalhauptkommissar Mannhardt macht sich ans Werk. Die Ermittlungsgruppe Organisierte Kriminalität mischt sich in den Fall, allerdings hinter den Kulissen. Sie hat schon seit langem Ron Peccioli auf dem Kieker, einen Fuhrunternehmer und Sponsor der Footballmannschaft Berlin Bulls, in der fast ausschließlich Polizisten spielen. Peccioli gilt als Drahtzieher des Caccia-Clans und steht im Verdacht, Polizeibeamte zu bestechen. Die Ermordung des Senatsbaurats ist den Ermittlern ein willkommener Anlaß, gegen Peccioli einen Großen Lauschangriff zu starten. Fendt hört Pecciolis Wohnung mit einem Richtmikrofon ab.

Wenn Fendt sich langweilt, gilt sein Interesse den Nachbarn des Mafioso, der christdemokratischen Familie Vogelsang. Die Tochter Graziella hat es Fendt angetan. Er verliebt sich in sie, die allerdings Peccioli geradezu verfallen ist. Fendt verläßt das Versteck, um Graziella zu warnen.

–ky (Dr. Horst Bosetzky), geb. 1938 in Berlin. Prof. für Soziologie. Seit 1971 zahllose Krimis und Filme. U.v.a.: *Einer von uns beiden, Stör die feinen Leute nicht, Friedrich der Große rettet Oberkommissar Mannhardt.* 1980 Preis für den besten deutschsprachigen Krimi, 1988 Prix Mystère de la Critique, 1991 BZ-Kultur-Bär, 1992 Ehren-Glauser.

»–ky bittet nicht ins neblige London oder auf Rivera-Schlösser, unsere Stadt ist ihm aufregend genug.« *Berliner Morgenpost*

»Der Krimi-König. Der beste Krimi-Autor.« *BILD*

Jede Großstadt hat das Verbrechen, das sie verdient.

BERLIN CRIME 12

Die Leiche im Schaufenster des Sarggeschäfts, grüne Stiefel und ein Kriminalist, der heimlich Kleist gelesen hat.

Joy Markert & Sibylle Nägele: NACHTCAFE SCHROFFENSTEIN

Kriminalroman, BERLIN CRIME 12

Broschur, 192 Seiten, ISBN 3-929139-22-7

Eine Leiche liegt im Sarg und gehört nicht dorthin. Es ist eine Frau, die ein Bestattungsunternehmer seinem Geschäft entdeckt. Die Frau ist nackt bis auf ein Paar hoher, grüner Stiefel. Der Mörder scheint Sinn für makabren Humor zu haben. Hauptkommissar Krüger mag keine mordenden Witzbolde und keine Toten auf nüchternen Magen. Mit Erleichterung stellt er fest, daß sich neben dem Leichenfundort eine Kneipe befindet. Im Nachtcafé Schroffenstein beginnt er seine Recherchen bei einem Bier. Der Zapfer erregt auf Anhieb Krügers Mißfallen: Krischan ist Ironiker und hat keinen Respekt vor Polizisten. Ein Mann, der sich so sicher fühlt, kann nur verdächtig sein. Krüger verbeißt sich in den Zapfer. Doch die Frauenmorde häufen sich.

Joy Markert, geb. 1942 in Tuttlingen/Schwaben. Seit 1964 in Berlin Filmemacher und Autor. Über 50 Hörspiele, Bücher, Filme. Bundesfilmpreis (1971), Lubitsch-Preis (1971, mit Robert v. Ackeren).

Sibylle Nägele, geb. 1959, Studium der Germanistik und Philosophie, Theaterstück Der Barde, 1987.

»Im Verlauf von vielen Nächten wurde aus der Kneipengeschichte ein furioser Krimi: Krüger ermittelt in einer sehr merkwürdigen, ziemlich pietätlosen Sache. Eine weibliche Leiche im Schaufenster eines Bestatters.« *Tagesspiegel*

Jede Großstadt hat das Verbrechen, das sie verdient.

BERLIN CRIME 13

Ein versehentlicher Toter im Tegeler Knast, ein knurriger Kommissar und ein verstimmter junger Mann.

Frank Goyke: TEGELER TRAUERSPIEL.

BERLIN CRIME 13

192 Seiten, 14,80 DM, ISBN 3-89602-017-X

Hauptkommissar Dietrich Kölling, Chef einer Berliner Mordkommission, weilt zum Genesungsurlaub bei seiner hochbetagten Mutter in Hannover und langweilt sich zu Tode. Jeder Strohhalm ist ihm recht, um nach Berlin zurückzukehren. Aber seine Kollegen Becker und die Oberkommissarin Blissow sind nur mit Routinesachen beschäftigt; die einzige Abwechslung ins Einerlei bringt eine junge Frau namens Anita Regorius. Die Frau behauptet, ihr Lebensgefährte sei in der Haftanstalt Tegel ermordet worden. Das widerspricht den Ermittlungen der Staatsanwaltschaft, die von Selbstmord ausgehen. Die Akte ist geschlossen, der Leichnam eingeäschert. Es gibt keinen Grund, den Fall noch einmal aufzurollen. Doch Dietrich Kölling trifft sich unter konspirativen Umständen mit Anita Regorius. Wenige Stunden danach wird sie in ihrer Wohnung erschlagen.

Frank Goyke, geb. 1961. Autor und Lektor in Berlin. Goykes erster Dietrich-Kölling-Krimi erschien als Der kleine Pariser. Kritik und Publikum reagierten äußerst positiv auf die bislang erschienenen Dietrich-Kölling-Krimis.

Die Presse über Frank Goykes Krimis:

»Da stimmen die Örtlichkeiten und die Strukturen bis ins Detail, die Sprache bis in die Untertöne.« *Neue Zeit*

»Das ist Tatort-reif.« *Die Tageszeitung*

»Die besten deutschen Großstadtkrimis.« Die Welt

Jede Großstadt hat das Verbrechen, das sie verdient.

BERLIN CRIME 14

Weibliche Obsessionen, groteske Todessehnsüchte, Fotos eines Mordes. Die Verwirrung des Kasimir Kaspar.

Wolfgang Bergmann: VATER MUTTER TOD

BERLIN CRIME 14

192 Seiten, 14,80 DM , ISBN 3-89602-018-8

Kasimir Kaspar ist Journalist und ein hoffnungsloser Fall: West-Redakteur in einem Ossi-Blatt mit langer Tradition und wenig Zukunft. Eine berufliche Perspektive, so flau ist, wie das Bier, das in Kasimirs Lieblingskneipe ausgeschenkt wird – Kasimir ist ausgebrannt, und er weiß es. Dann stolpert er über die Sensationsstory seines ganzen journalistischen Lebens. Ihm werden Fotos zugespielt, die einen aufsehenerregenden Mord dokumentieren, den Tod einer jungen Frau. In allen gräßlichen Phasen, in allen obszönen Details.

Kasimir ist entsetzt und fasziniert. Und er macht sich Hoffnungen. Vielleicht kommt er ja doch noch mal ganz groß raus. Und so taumelt er ahnungslos in einen Abgrund von weiblichen Obsessionen, Sex und Todessehnsucht, einen Seelenwirrwarr aus Masken, Phantasmen und Realität. Was zeigen diese Fotos? Die Wirklichkeit? Ein obszönes Spiel? Eine Maskerade? Wer ist dann die junge Ermordete? Wer hat sie getötet? Und warum reden alle, als sei sie eine Heilige gewesen?

Wolfgang Bergmann, geboren 1948 in Westfalen. Psychologe und Publizist. Lebt in Berlin. Chefredakteur einer Wochenzeitung in Berlin.

Bücher (Auswahl): Die neue Familie, 1989, Herder. Die Wunden der Liebe, 1991, Ullstein. Versetzung gefährdet, 1994, Bastei-Lübbe. Weitere Bücher bei Beltz u. Heyne. Weitere Kriminalromane werden folgen.

Jede Großstadt hat das Verbrechen, das sie verdient.

BERLIN CRIME 15

Erstochene Taxifahrer, poetisierende Terroristen, ein mörderischer Todesengel. Oliver Stern denkt nach.

Silvo Lahtela: ALP TRAUM TERROR

BERLIN CRIME 15

192 Seiten, 14,80 DM, ISBN 3-89602-019-6

Der grausame Mord an einer jungen Frau im Vietnamkrieg zieht weite und verschlungene Kreise: Fünfundzwanzig Jahre später werden im Berliner Großstadtdschungel Taxifahrer erstochen. Oliver Stern, nachts Kutscher, tags Poet, gerät durch einen Fahrgast, den weltweit gesuchten Top-Terroristen Todtenmann, wider willen ins Zentrum einer Geschichte, die einst mit Liebe anfing und jetzt anscheinend endlos mit Haß und Terror weitergeht.

Es sei denn, jemand würde den Teufelskreis der Gewalt durchbrechen. Stern versucht es und kommt dabei lebensgefährlich zwischen die Fronten von Opfern und Tätern. Sein Dilemma: Als Stern ein kleiner Junge war, und der Terrorist Todtenmann noch kein Terrorist, sondern ein aufmüpfiger Student, war dieser für den Jüngeren ein echtes Vorbild. Stern kann nicht auf die Staatsmacht zurückgreifen, denn alte Freunde verpfeift er nicht. Er muß herausfinden, warum der gesuchte Terrorist mit Risiko wieder nach Berlin gekommen ist. Und er muß es überleben.

Von Killerkommandos gejagt, faßt Stern den riskanten Entschluß, Todtenmann zur Abkehr vom Terrorismus zu bewegen. Mit Hilfe einer Frau, einem mörderischen Engel, geht Stern in die Offensive. Bewußte Freiheit steht gegen blinde Ideologie, ein Vabanquespiel beginnt. Der Preis ist das eigene Leben oder das eigene Sterben.

Silvo Lahtela, geb. 1959 in Helsinki, lebt als freier Autor in Berlin. Muttersprache: Deutsch. 3. Dan Aikido Bücher: Abwärts! (Prosapoem), Auf dem Heldenstrich (Theaterstück), Zeichendämmerung (Roman, Insel-Verlag)

»Lahtela kann Story und Text wunderbar verzahnen.« *Die Zeit*

»Lesen Sie Lahtela. Man gönnt sich ja sonst nichts.« *Volkszeitung*

Jede Großstadt hat das Verbrechen, das sie verdient.

BERLIN CRIME 16

Vom Kreuzberg zum Prenzlauer Berg. Alte Briefe in Sütterlin. Ziggy Oswalds zweiter Fall.

Christian Tagger: BÖSE ABER SIEGFRIED

BERLIN CRIME 16

192 Seiten, 14,80 DM, ISBN 3-89602-021-8

Siegfried Oswald, genannt Ziggy, ist der Typ unangepaßter Endzwanziger an der Schwelle zum bürgerlichen Erwachsenendasein. Seine Zeit verbringt er als sehr wohl freier, aber eben nicht sehr fleißiger Vertreter für Schallplatten eines Independent-Labels. Sein Chef aus Köln will expandieren, Ziggy soll den Markt in Ostberlin erkunden. Doch Ziggy ist zugezogener Kreuzberger und mag die Ostberliner nicht. Sie sind so anders als er, wie er immer wieder sagt. Sein Chef ist mit Ziggy kaum zufrieden und setzt ihm einen Kollegen vor die Nase. Plötzlich ist ein Ossi aus Ostberlin der Chef von Ziggy, das ist dreifach schlimm. Ziggy mag Stefan, den Neuen nicht, was er ihm auch mit einer Faust ins Gesicht sagt. Ziggy ist entlassen.

Von einer Sauftour an den Oranienplatz heimgekehrt, findet Ziggy in seinem Hausflur den Ossi Stefan schlafend vor. Doch die breiige Masse an dem Holzknüppel ist nicht Ketchup, sondern Hirn, und der Schlafende ruht für immer. Ziggy Oswald: Von den Bullen verdächtigt, von Unbekannten verfolgt beginnt eine Parforcejagd durch Ost- und Westberlin um Immobilienschieberei, Mord und unleserliche Briefe in Sütterlinschrift.

Der Autor Christian Tagger, Jahrgang 1964, Studium der Linguistik und Philosophie. Tagger lebt in Berlin. *Böse aber Siegfried* ist der zweite Teil der Ziggy-Oswald-Trilogie. Der erste Teil – *Karaoke Punk* – erschien als BERLIN CRIME 6

»Hier bricht sich mit Tempo und überzeugendem Plot die Moral der Kreuzberger Szene an der Selbstironie ihres Protagonisten.« *Die Tageszeitung*

»Ein Kaleidoskop urbanen Kolorits, ein Reigen skurriler Gestalten. Tagger versteht es vorzüglich, mit sprachlicher Bordüre zu unterhalten.« *AZ Frankfurt*

Jede Großstadt hat das Verbrechen, das sie verdient.

BERLIN CRIME

Die aktuelle Krimi-Reihe aus der Hauptstadt des Verbrechens. In Berlin treffen sich die Altlasten aus Ost und West zu ihrer Vereinigung: dubiose Immobilienhaie und gemeinnützige Wohnungsverwalter, bestechliche Beamte und selbstherrliche Provinzpolitiker, entlassene Offiziere im besonderen Einsatz und abgehalfterte Schlapphüte.

BERLIN CRIME

Nur in Berlin leben sie in einem Kiez, nur in Berlin wohnen sie Tür an Tür: polnische Autodiebe und schwäbische Kriminalkommissare, hamburgische Hasardeure und Ludwigsburger Luden. Korrupte Hinterbänkler und autonome Brandstifter, entfesselte Biedermänner und gerissene Trickbetrüger. Jede Großstadt hat das Verbrechen, das sie verdient.

BERLIN CRIME

Die Metropole: Organisierte Kriminelle, organisierte Polizisten, organisierte Privatdetektive. Dazwischen die unorganisierbare Realität. Der Umschlag der Quantität des Verbrechens in literarische Qualität. Neue Geschichten aus der Großstadt und aus dem Kiez um die Ecke. Jeder Krimi eine Originalausgabe, jeder Band ca. 192 Seiten für ca. 14,80 DM.